جزيرة ديالا

للروائية / عبير صلاح

اسم الكتاب : جزيرة ديالا

تأليف : عبير صلاح

تصميم الغلاف : آلاء نبيل

الإخراج الفني : فريق عمل بصمة كاتب

تنسيق : سارة عيد

تصنيف الكتاب : رواية

المقاس : ١٤ × ٢٠

إصدار: ٢٠٢٣

رقم الإيداع : ٢٠٢٣/٢٧٧٩٧

مديرة الدار : حبيبة شبل

للتواصل والاستفسار / 01093187904

جزيرة ديالا

This is a work of fiction. Similarities to real people, places, or events are entirely coincidental.

جزيرة ديالا

First edition. 2024.

Written by عبير صالح.

إهداء

{ إلى جدي عبد الخالق وجدتي لأمي رحمهم الله}

{ إلى جدي الحاج أحمد سليمان وجدتي لأبي أطال الله في عمرهم}

{إلى حبي الأول والأخير وضلعي الثابت الذي لا يميل أبي وروحي وجنتي وعمودي الفقري الأستاذ صلاح سليمان}

{إلى أمي التي حملتني في جفونها تسعة أعوام وأحبتني رغم شجارنا دائمًا دون أن تمل مني فَ أُفديكِ يا أمي روحي وحياتي وقلبي}

{إلى إخوتي وأقاربي وأصدقائي بأكملهم}

{وإلى كل من دخلوا حياتي وأحببتهم بشدة}

المقدمة

في بعض الأحيان لا تستطيع السعادة أن ترافقنا دائمًا، عند نقطة ما تنفصل عنا، ولكن يظل سؤال يتجول في خاطرنا هل سنظل بدون سعادة هكذا؟ هل سنظل نبكي ونصرخ ونحزن دائمًا؟ إجابة سؤالي هذا يا عزيزي القارئ هو لديك، نعم لديك السعادة ليست سلعة تباع وإنما هي صفة مكتسبة، هل تعلم ما هي السعادة؟ السعادة هي أن تصنع فنجان من القهوة في الصباح مع دخول نسمة هواء من شرفة المنزل، أو أن تساعد شخص ما و ينال على مسامعك من الدعاء لك، أو أن تزور أحد أصدقائك وتتذكرون ما كنتم تفعلونه في الماضي وتضحكون كثيرًا ....إلخ

كل هذا تستطيع أن تفعله بمفردك ولكن أعلم أنك محطم من الداخل لا تستطيع المقاومة، ولكن يجب أن تقاوم من أجل نفسك من أجل أن تحطم الحزن من داخلك وتصبح أنت الملك في النهاية وتذكر مهما زادت الصعوبات في النهاية الحزن لا

يليق بك فقط الذي يليق بك هي السعادة لا غير، تذكر هذا جيدًا.

في مدينة القاهرة تشرق الشمس بأشعتها الذهبية الجميلة على جميع أنحاء القاهرة لتخبر الناس بيوم جديد جميل على بعضهم والبعض الآخر لا، لتدلف الشمس بأشعتها الذهبية إلى قصر يشبه الجنة في اتساعه وهو قصر السيد [مارك] أشهر رجل على الإطلاق فكل العالم يعرفه والكل يهابونه فهو لا يعرف للرحمة طريق، يقتل كل من يقف بطريقه، فـ هو ملك مملكة الجان، نعم عزيزي كما قرأت ملك مملكة الجان له أكثر من خمسين خادم من قبائل الجان ولكن قبل أن يدخل ذاك المارك إلى عالم السحرة كان قد أنجب فتاة في قمة الجمال، ولكن عندما علم مارك أن زوجته أنجبت فتاة بدلًا من فتى قام بقتلها وقبل أن يهرب أمسك به حارس الحاكم وقام الحاكم بنفيه هو وابنته إلى جزيرة لا يعرفها البشر كانت تسمى جزيرة ديالا، جزيرة أقل ما يُقال عنها أنها تفوق الخيال، أرض واسعة و الرائحة الجذابة، والأرض الخصبة الخضراء والمرتفعة، بينما كان مارك يتجول بين الأشجار وابنته على ذراعه عثر على لوحة مدفون نصفها بين الأشجار، جلس مارك ووضع ابنته بجانبه وظل ينظر في كل الاتجاهات، ثم أخذ يخرج هذه اللوحة المثبتة بالأرض، ظل يخرج بها قرابة النصف ساعة بدون يأس أو إحباط إلى أن أخرجت بالفعل، إنها ليست لوحة عادية بل هي لوحة خشبية بها عبارات ورسومات غير مفهومة، كان مكتوب في آخر هذه اللوحة كلمات باللغة الفرنسية ومن حسن حظ ذاك المارك أنه يجيد اللغة الفرنسية والإنجليزية

[Celui qui trouve cette tablette a de la chance car lorsque cette ficelle tourne en haut de la tablette et dit les phrases posées sur cette tablette, toutes les tribus elfiques seront à son service]

[كل من يجد هذا الجهاز اللوحي محظوظ لأنه عندما يدور هذا الخيط في أعلى الجهاز اللوحي ويقول الجمل الموضوعة على هذا الجهاز اللوحي، ستكون في خدمته كل قبائل الجان]

عندما قرأ مارك الكلمات قام بأخذ اللوحة وظل يعمل في هذه الجزيرة لكي يكون له قصر في هذه الجزيرة، ظل يعمل لسنوات حتى أصبح لديه أكبر قصر على الإطلاق، كبرت

ابنته حتى أصبحت في سن الثامنة عشر من عمرها، وكان قد نفي إلى هذه الجزيرة آلاف البشر وهكذا أصبح مارك سيد هذه الجزيرة ولديه مئات الخدم والحرس، أصبح مارك أكثر قوة وشر من ذي قبل، عندما يعلم أحد المنفيين أنه سينفى إلى هذه الجزيرة يظل يبكي ويتوسل ويفكر في الانتحار، نعم فالانتحار أهون من ذاك المارك المخيف.

الشر من طبع الإنسان ولكن ليس من السهل التغلب عليه وليس أيضًا من الصعب التغلب عليه، هناك من يأخذ الشر خليل له ليتمكن من الأذية، وهناك من يأخذه ليتغلب عليه...

[١]

في يوم من الأيام كان مارك يسير بين طرقات الجزيرة إلا أنه سمع صوت طبول تدق معلنة على قدوم منفي جديد إلى هذه الجزيرة، ذهب مارك إلى ذاك البحر ليرى من المنفى الجديد، ظل مارك يحدق إلى السفينة التي كانت تسير ببطء شديد معلنةً خوفها من ذاك المارك، تتوسل إلى من يقودها بتركها تعود كما جاءت، يبتسم مارك على هذه السفينة التي تعبر عن خوفها بوضوحٍ شديد، وبعد مدة تصل السفينة وينزل قائد السفينة وينحني أمام مارك

مارك: من المنفى الجديد يا هذا؟، ولم يصلني جواب اليوم أو أمس أن أحدًا سينفى اليوم، أتعلم أن هذا الخطأ ممكن أن يؤدي لقتلك؟

القائد: عذرًا سيد مارك، ولكن هذا حاكم قبيلة الوديان قام بنفيه الوزير كاللوا لأنه قام بقتل زوجته، وإن أرسلنا لك يا سيد مارك خطابًا بأن أحد سينفى إلى هذه الجزيرة فسيعلم يا سيدي وسيقوم بفعل المستحيل لكي لا ينفى إلى هنا كما تعلم أنه حاكم وسيخرج من هذه المصيبة.

مارك غاضبًا: أي مصيبة يا ذاك؟ أتقول على جزيرتي مصيبة؟ أتريد أن أفصل رأسك عن جسدك؟

القائد بخوف شديد: آسف سيد مارك، أرجوك أن تقبل أسفي، أنا لم أقصد هذا عذرًا

مارك باشمئزاز: حسنًا، ما اسم ذاك الحاكم اللعين؟

القائد مسرعًا: اسمه جانكين سيدي

مارك بخبث: جانكين هنا، جيد دعه يأتي الي أريده

القائد: حسنًا

ذهب القائد إلى السفينة وعاد بعد عشر دقائق،

كان ممسك بيد شخص يبدو عليه الكبر يكاد يمشي شعره مبعثر وأيضًا كان ما يرتديه ممزق وكانت على عينه قماشه سوداء تحجبه عن الرؤية ويداه مقيدة

القائد منحني: سيد مارك هذا هو جانكين سيدي

عندما سمع جانكين اسم مارك ظل يسير إلى الخلف وهو يرتجف

مارك: أوه جانكين، أتريد أن تذهب من دون أن تحدثني، أوه عزيزي أنا أشفق عليك

نظر مارك إلى القائد: يا هذا فك له قيوده وانزع القماش لكي يراني جيدًا، وعندما تنتهي لا أريد أن أراك أتفهمني؟

القائد بخوف: حسنًا سيدي

فعل القائد مثلما أمر مارك وذهب

جانكين بخوف وتوتر: م.. م.. مارك

مارك: أوه تذكرتني يا جانكين، تذكرت مارك يا لعين

سمعت أنك قمت بقتل زوجتك يا إلاهي لماذا فعلت هذا يا جانكين إنها زوجتك لماذا قتلتها أين قلبك وأنت تقتلها ههههههههه، أتتذكر هذا الكلام يا حاكمي العظيم خذني قدوة يا مارك أنا لم ولن أقتل نمله، سأنفيك إلى جزيرة وكرمًا مني لن يكون بها طيرٌ واحد كي تتأدب يا عزيزي ههههههه عندما أتذكر هذا الحديث يا جانكين أضحك كثيرًا، أوه انظر فوقك يا جانكين إنها الطيور ترحب بك هههههه، أتعلم أنا أود أن أشكرك كثيرًا لأنك سبب كل هذا لولاك يا لعين لم أكن السيد مارك الذي تراه أمامك والذي يهابه الجميع،

حسنًا يا عزيزي سأكرمك مثلما كرمتني

نظر مارك إلى حارسه: خذ هذا اللعين وضعه في غرفة الجان، أتعلم يا جانكين لما سميته هكذا، لا لا ليس بها جان مثلما تفكر ولكن قريب سيكون، هيًا خذه من أمامي

جانكين بخوف: مارك أرجوك لا س.. سأفعل ما تريد و. و. ولكن اتركني وشأني أرجوك، أنا أتوسل إليك

مارك بغضب: اسمي سيد مارك يا لعين، سأقتلك إن تلفظت باسمي هكذا، هيا اذهب من أمامي

جانكين: أرجوك يا سيد مارك سأشرح لك لما نفيتك وقتلت زوجتي، داملا تكون ابنتي وليست ابنتك، لذلك.....

مارك بعصبية: اصمت أيها الوغد، أتقول أن ملكة جزيرة ديالا ابنتك، حقًّا أنت تستحق الموت

جانكين بتوسل: سيد مارك اسمعني أرجوك لم تُنهِ حديثي بعد، إن داملا ابنتي وأركون ابنك، حدث خطأ عندما كانت زوجتي وأيضًا زوجتك تلد

مارك بتفكير: أوه جانكين عزيزي لما لم تخبرني بهذا منذ زمن، لماذا تخبرني به وأنت على حافة الموت

جانكين: سيد مارك أنا لم أعلم أن ابنتي هي داملا إلا صباح أمس

مارك وهو يدور حول جانكين/ دعني أحلل الموقف يا جانكين، قتلت زوجتك صباح أمس عندما علمت أن مارك أصبح العالم يخاف منه ثم فكرت في فكرة لم تخطر على عقل بشري، تقتل زوجتك، و بالتأكيد أنت تعلم أنك ستأتي إلى هنا، ثم فكرت بأن تقول لي أن داملا ابنتك وأركون ابني، و بالتأكيد يا لعين أنك أخبرت أركون عن خطتك هذه وتأخذ معك داملا وتترك لي ذاك الوغد ابنك أوه آسف ابني أليس كذلك ههههه ثم في كل حينٍ وحين تأتي إليَّ بحجة أنك تريد الاطمئنان على أركون فأنت تعتبره ولدك لأنك أنت من قام بتربيته، ثم تأخذ منه كل أفكاري وخطتي التي سأعرضها عليه فإنه بالتأكيد سيصبح ملك هذه الجزيرة من بعدي، خطة جيدة ومحكمة يا جانكين، ولكن الذي لا تعلمه هو أني أفهمك وأفهم فيما تفكر

نظر مارك إلى الحارس: هيا خذه من أمامي

قام الحارس بسحب جانكين

جانكين بصراخ : يا مارك أنا لم أفكر في هذا إطلاقًا ولكن كل ما أريده هو رؤية ابنتي أرجوك لا تحرمني من هذا

مارك بصوت يهز الجبال ويكاد الأصم أن يسمع ذاك الصوت: توقف يا أدونيس

توقف الحارس عن سحب جانكين، ثم ذهب مارك إليه وظل يحدق في جانكين لثواني ثم قام بضربه على وجهه وظل يضرب به حتى فقد جانكين توازن نفسه ووقع على الأرض وأصبح كالجثة الهامدة لا يتحرك

نزل مارك في مستوى جانكين ثم همس في أذنه

مارك هامسًا: هذه البداية يا عزيزي، انتظر جحيم مارك، إن تلفظت باسم داملا مرة ثانية سأفصل هذا الجسد النحيل عن ذاك الرأس اللعين، أتفهمني يا عزيزي؟

وقف مارك وقال بصوتٍ عالٍ جدًا: اسمعوني جيدًا يا أغبياء، إن تلفظ أحد باسم داملا مرة ثانية سأفصل رأسه عن جسده بنفسي أتفهموني؟ هيا انصرفوا

نظر مارك إلى جانكين: وأنت أيها اللعين سأعاقبك عقابًا هين هذه المره ولكن إن تكرر ما فعلته سأضع خنجري في فمك هذا هل فهمتني

نظر مارك إلى الحارس: أدونيس هيا خذ هذا الوغد من أمامي

أدونيس: حسنًا مولاي

بدأ أدونيس يسحب جانكين إلى غرفته

وقف مارك ينظر إلى البحر يفكر فيما قاله جانكين ويفكر أيضًا لما دافع عن داملا وهو كان سيقتلها عندما كانت صغيرة

مارك لنفسه : إن كان ما قاله جانكين صحيح سيكون كل شيء خطط له فشل، لا لن أسمح بهذا والتأكيد ذاك الوغد كاذب هو فقط يريد أن يتقرب مني، حسنًا يا جانكين سوف أفعل شيء ليس بحسبانك، أتريد أن تأخذ الكنز الذي أرسله الرب لي هه لن أسمح لك

بعد مدة ذهب مارك إلى قصره

مارك بصوت مرتفع: داملا يا داملا أين أنتِ؟

داملا وهي تخرج من غرفتها: هنا يا مولاي

وقف مارك يتأمل في ابنته لدقائق، كانت ترتدي فستان من اللون الوردي يكاد يصل إلى ركبتها وكانت داملا في غاية الجمال

مارك بغضب: ألم أقل لكِ يا داملا لا ترتدي هذه الفساتين لماذا لم تسمعي كلامي؟ أتريدين أن أعاقبكِ يا داملا؟

داملا مطأطأةً رأسها: آسفة يا مولاي ولكن أنت تعلم أني أعشق هذه الفساتين وكل هذه الفساتين قد انتشرت في البلاد الخارجية، وأنا أريد أن أرتدي مثلهم

مارك بصوت عالٍ جدًا: تصبحي مثل من يا داملا؟! ها قولي مثل من؟! أتريدين أن تتركي الجزيرة وتصبحي ابنة القرى والمدن؟ لقد أصبحتِ سيئة جدًا يا داملا وأنا لا أريدك هكذا وستصبحين مثلما أريد هل فهمتي؟ أنتِ من بعدي ستصبحين سيدة هذا القصر وملكة هذه الجزيرة ولا يمكن أن ترتدي هذه الحماقات هل تفهميني يا داملا؟

داملا بدموع: ولكن يا مولاي أنا لا أريد أن أصبح سيدة ولا ملكة أريد فقط أن أعيش مثل باقي الأطفال

مارك بغضب شديد: أتريدين أن تصبحي مثل باقي الأطفال؟ تريدي أن تكوني ابنة الشوارع؟ تريدي أن تخدمي البيوت؟ تريدي أن ترتدي ملابس ممزقة يا داملا؟ حسنًا من اليوم ستصبحين خادمة هذا القصر بمفردك

داملا: لكن يا مولاي لا أريد

مارك مقاطعًا كلام داملا: لا أريد أن أسمع صوتك، وأنتِ تعلمين جيدًا عندما يقول مارك شيء لا يتراجع عنه أبدًا

مارك بصوتٍ عالٍ جدًا: أدونيس... أدونيس... يا ذاك الوغد

أدونيس: عذرًا مولاي فـ أنا كنت

مارك: اجمع لي كل الخدم في أقل من دقيقتين

أدونيس: حسنًا مولاي، ولكن هل يوجد خطبٌ ما

مارك بغضب: وأنت ما شأنك، أنت هنا تنفذ أوامري فقط ليس لتسأل وأنا أجيب

أدونيس مطأطأ رأسه: آسف يا مولاي

ذهب أدونيس وظل مارك ينظر إلى داملا وهي تبكي

مارك: ألم يكن هذا قرارك يا داملا، لما تبكين الآن؟!

داملا : مولاي أنا لا أريد هذا فقط كنت أريد أن أعيش مثل باقي الأطفال في الجزيرة

مارك: أنتِ في سن الثامنة عشر وتقولين أنكِ طفلة، حسنًا يا داملا سوف أجعلك طفلة بحق، سوف أجعلكِ تلعنين ذاك اليوم الذي تفوهتي بهذا الكلام

أدونيس: مولاي كل الخدم أصبحوا في غرفة الاجتماعات بانتظارك

مارك: هيا داملا أمامي إلى الغرفة

ذهبت داملا إلى الغرفة وهي في طريقها كانت تفكر لما يفعل كل هذا بها؟! ألم يكن والدها؟! لما يعاقبها كلما تريد النقاش معه عن أمرٍ ما؟! لما هو قاسٍ معها هكذا

" أنا لا أريد أن أُصبح ملكة هذه الجزيرة، ولا ملكة الكون، لا أريد كل هذا، لا أريد أن أصبح مثلك الكل يخاف منك، فقط أريد يا أبي حب البشر وحب الرب لي أريد هذا

فقط، أهذا كثيرٌ عليَّ، طالما عشت طوال الثامنة عشر الماضية أتخيل شكل المدن والقرى وأنا أتجول حول الحدائق والبساتين، وأقطف وردة حمراء، وأشتمها فهي كالعبير تفوح في كل مكان، وثم أذهب إلى الخيل وأُطعمه، كل ما أريده فقط أن أهجر هذه الجزيرة الملعونة، كل من يدخلها لا يخرج منها أبدًا، إنها ليست ديالا بل لعنة تصيب كل من يدخلها،

حقًا أُشفق على من هنا في هذه الجزيرة وأنا أولهم، إنها جزيرة الملعونين حقًا"

[٢]

وصلت داملا ومارك إلى غرفة الاجتماعات، وعندما وصلوا انحنوا جميع الخدم لهم

" كانت الغرفة واسعة جدًا بها أساس فخم ولونها رمادي، بها منضدة كبيرة يتوسطها باقة زهور سوداء لامعة يلتف حولها مقاعد من اللون الرمادي أيضًا، والغرفة مليئة بصور مارك"

مارك: الكل هنا أليس كذلك؟

أدونيس: نعم مولاي الكل هنا

مارك بتكبر: حسنًا الكل يسمعني جيدًا، من اليوم ومن هذه اللحظة لن يبقى لي خدم

بدأ كل الخدم يتهامسون منهم من قال ماذا فعلنا كي يقوم بطردنا؟! وأُخرى من أين سنجلب المال الآن؟! وظلوا يتهامسون لمدة دقيقتين

مارك: انتهيتوا من كلامكم الجانبي؟ إذا كنتم انتهيتوا فأنصتوا، لن يبقى لي خدم مثلما سمعتوا اذهبوا إلى بيوتكم واعملوا ما شئتم ومن الآن من سيخدمني وينظف القصر هي داملا بمفردها، ثم نظر إلى داملا وأكمل كلامه هذا عقابٌ هين يا داملا على ما فعلتيه أليس كذالك؟

نظروا كل من في الغرفة إلى هذه المسكينة داملا، نظروا إليها نظرة شفقة، إنهم يشفقون حقًا عليها كيف لهذا الجسد أن ينظف هذا القصر الفخم إنها نحيفة حقًا، إنهم كانوا خمسة عشر خادمة وكانوا يشكون من كثرة العمل في القصر كيف لهذه التي لديها ثمانية عشر عامًا أن تفعل كل هذا بمفردها؟!

مارك: هيا اذهبوا من القصر واتركوا ملابس الخدم

الكل: حسنًا مولاي

مارك: أدونيس رافقهم إلى باب القصر واذهب إلى مقبرة ٩٩ وأخبرني بما حدث هناك

أدونيس منحني: حسنًا مولاي

ذهبوا كل الخدم برفقة أدونيس

مارك بغضب: هيا اذهبي إلى غرفة الخدم وأبدلي هذه الحماقات وابدأي في عملكِ يا داملا

داملا : هل سأبقى في غرفتي أم سأنتقل إلى غرفة الخدم

مارك: ولماذا تكونين في غرف القصر، هل أنتِ أحدٌ من أفراد هذا القصر؟ أنتِ الآن خادمة لي ولستِ ابنتي، لأن من يخالف قراري يعاقب وأنتِ خالفتيه يا داملا

داملا بدموع: حسنًا مولاي

ذهبت داملا من غرفة الاجتماعات وذهبت إلى غرفة الخدم

كانت غرفة واسعة جدًا وبها سراير كثيرة ويتوسط الغرفة طاولة صغيرة وحولها مجموعة من الكراسي

تجولت داملا ببصرها على الغرفة ثم شرعت بتبديل ملابسها ثم نظرت إلى نفسها في المرآه

داملا لنفسها: إلى متى سأظل هكذا؟ متى سأتحرر من هذا القفص وأحلق في السماء؟ إلى متى يا الله؟

ثم ذهبت داملا لتنظف القصر، وقفت داملا في آخر طابق في القصر ونظرت من فوق إلى الطوابق كان القصر واسعًا جدًا به أكثر من عشرين طابق وأكثر من ٢٠٠ غرفة ويوجد غير ال ٢٠٠ غرفة غرف سرية لا تعلم بها داملا

داملا لنفسها: سوف أبدأ من هذا الطابق ومن هذه الغرفة

كانت غرفة بابها لونه رمادي ضخم وكانت هذه الغرفة الإضافية للسيد مارك، دخلت داملا إلى الغرفة وأشعلت الضوء كانت الغرفة بها خمس دواليب وكل دولاب شكله مختلف عن الآخر كانت داملا لأول مرة ترى هذه الغرفة وهذه الدواليب ذهبت داملا ووقفت أمامهم، كان أول دولاب لونه أسود والثاني لونه بني والثالث لونه كحلي والرابع لونه رمادي والخامس لونه رصاصي وقفت داملا عند الدولاب الأسود وقربت نفسها منه ثم شعرت بشعورٍ غريب جدًا وكان قلبها يدق بسرعة وكان صوته عالٍ جدًا كلما تتقرب من هذا الباب كلما يزيد خوفها ولا تعلم داملا لما هي تخاف هكذا رفعت داملا يدها لتضعها على ذاك الدولاب الأسود وعندما يدي داملا كانت قريبة من ذاك الدولاب توقفت يديها فجأة بل الذي توقف فعلًا هو قلبها فكيف لا ولا أحد يقف أمامها ويدها مثبتة في الهواء أمام ذاك الدولاب كأن أحد ممسكٌ بها

- ما الذي تفعلينه هنا يا داملا

عندما داملا سمعت ذاك الكلام انتفض زراعها وكانت ستفقد توازن نفسها وقلبها كاد أن يتوقف نظرت داملا خلفها لتجد مارك تقدم مارك بخطوات ثم توقف

مارك بغضب: لن أعيد كلامي يا داملا

داملا برعب: كنت أنظف الغرفة مولاي

مارك بنظرة حادة: تركتي كل غرف هذا القصر وجئتِ إلى هنا

داملا: أنا لم أقصد شيء مولاي

مارك: اذهبي من أمامي يا داملا ولا أريد أن أرى نعلكِ هنا مرة ثانية

داملا مطأطأةً الرأس: حسنًا مولاي

ذهبت داملا من الغرفة وعقلها كان هناك حقًا، تفكر فيما حدث منذ دقائق، عقلها كان لا يستوعب أي شيء إطلاقًا كيف يحدث هذا بالتأكيد يوجد خطبٌ ما ذهبت داملا لتنظف القصر سريعًا وبعد مرور ٤ ساعات كانت داملا قد انتهت من تنظيف القصر

وذهبت إلى غرفة الخدم والتي أصبحت غرفتها لتستريح قليلًا، ذهبت داملا لتنظر من الشرفة لتجد مارك يقف مع أدونيس والظاهر على وجه مارك الغضب، كانت داملا تحاول أن تسمع حديثهم لتفهم لما هو غاضب على أدونيس بهذا الشكل.

❋❋❋

عند مارك

أدونيس: مولاي ذهبت اليوم عند المقبرة ولكن هناك خطبٌ ما وأنت تعلمه جيدًا وكررت ذاك الكلام تريد دماء الفتاة ذات اللون البنفسجي لتفتح لنا المقبرة مولاي

مارك بغضب: ولما لم تقل لها نريد شرطًا آخر غير هذا

أدونيس: أنت تعلم مولاي لا أحد يستطيع التحدث معها إنها أسطورة فقط ننفذ الأوامر لتفتح المقبرة

مارك بغضب: اللعنة عليك يا أدونيس، كيف سنأتي بذات اللون البنفسجي، ليس هذا وقت فور دمائها والمقبرة نريدها في أسرع وقت

أدونيس: عذرًا مولاي هل أنت تعلم من هي الملقبة بذات اللون البنفسجي؟

مارك بتوتر: ها م م ماذا تقول أنا لا اعرف أحد بهذا اللون وأيضًا من أنت لتسأل، أنا فقط من يسأل وأنت تجيب أفهمتني؟

أدونيس: حسنًا مولاي، لكن مولاي كنت أريد إخبارك بشيء

مارك بعقل شارد: ما هو

أدونيس: الملقبة باللون البنفسجي هنا معنا في هذه الجزيرة

مارك بتركيز وتوتر: م م ماذا قلت؟ من قال لك هذا؟!

أدونيس: عندما علمت أنها مصره على ذات اللون البنفسجي ذهبت إلى الجزيرة لأعلم هل يوجد فتاة هنا غريبة الهيئة والمنظر وعلمت من أحد المارة أن هناك فتاة خُلقت عجيبة المنظر، كان شعرها لونه بنفسجي وعلى جسدها بقعٌ من اللون البنفسجي وعلمت أن لديها خمسة أعوام فقط أظن أنها هي يا مولاي

مارك بمكر: جيد يا أدونيس

أدونيس: لكن مولاي كيف سنقوم بعمل هذا فأنا قد سألت المارة عن فتاة غريبة وإن غابت هذه الفتاة سوف يشكون بي

مارك بشر: لا تقلق من شأن هذا أدونيس سنقول أن هذه الفتاة بها عدوى ويجب أن نتخلص منها قبل أن تنتشر العدوى في الجزيرة ونقول أيضًا أن هذه العدوى ستنتشر بسرعة أكبر إلى الحوامل، اذهب واكتب كل المعلومات عن هذه الفتاة لندرسها جيدًا لا نريد أي خطأ، وأخبر من في الجزيرة كلهم أن يتجمعوا في المساء

أدونيس: حسنًا مولاي

مارك بمكر: وأخرج أيضًا جانكين وخذ حذرك منه

أدونيس: حسنًا مولاي

ذهب أدونيس ليفعل ما أمر به مارك

أدار مارك ظهره ونظر إلى داملا التي كانت تنظر إليه من الشرفة ثم ابتسم ابتسامة جانبية وغادر المكان

أما داملا فقد خافت من نظرة مارك هذه، دخلت داملا إلى الغرفة وهي تفكر

داملا في نفسها: ماذا يا ترى سيفعل فهذه النظرة تخوفني كثيرًا هل سيقتل أحدًا ما؟ لا، لا تفكري في هذا يا داملا أعلم أنه لا يفكر في أحد ولكن ليس لدرجة القتل

نزعت داملا كل هذه الأفكار من رأسها وذهبت في نومٍ عميق،

وبعد مدة من الزمن فاقت داملا من نومها على صوت صريخ في الخارج نظرت داملا من الشرفة لـ تجد مارك يقف على منصة وفي يده فتاة تبلغ من العمر خمس سنوات وبعض من النساء يصرخون وأدونيس ممسك في يده رجل ظهر الشيب في رأسه والظاهر أنه كان يريد التهجم على مارك وكان يبكي بحرقة ووقفت داملا محدقة إلى هذا المنظر لثواني ثم ذهبت إلى الخارج على عجلة ووقفت بجوار الفتيات الصغار تسألهم عن سبب هذه الضجة قالت إحدى الفتيات أن السيد مارك سيقتل هذه الفتاة التي لا تتخطى الخامسة من عمرها والسبب لا أحد يعلمه حتى الآن، ذهبت داملا ووقفت أمام مارك محدقةً في عينيه نظر إليها مارك بشر ثم ابتسم ابتسامة جانبية وفي برهة قد تغير وجه مارك ونظر إلى الجميع ثم أردف:

" اسمعوني جيدًا يا أهل هذه الجزيرة، إن هذه الجزيرة ملكٌ لي ولن أسمح أبدًا في أن تتدمر أو سُكانها يصابُوا بشيء وأنتم تعلموني جيدًا فـ أنا فقط أحافظ عليكم وعلى أبنائكم وعلى من في أرحامكم ولم يخلقوا بعد وهذه الفتاة الذين ترونها في يدي إن تركتها ستدمركم جميعًا وبالأحرى الحوامل وصغاركم "

ثم نظر إلى الفتاة التي كانت تصرخ من يد مارك التي كانت ستكسر يديها من شدة مسكها لها وكانت ترتجف بشدة، نظرت داملا أيضًا إلى هذه الفتاة التي كانت فائقة الجمال بشعرها البنفسجي وعيونها الزرقاء، ثم أكمل مارك حديثه إن هذه الفتاة لعنة وإن لم نتخلص منها ستنتقل إليكم وتدمركم جميعًا إن هذه الفتاة بها عدوى ويجب أن نتخلص منها قبل أن تنتشر العدوى في الجزيرة و هذه العدوى ستنتشر بسرعة أكبر إلى الحوامل وإلى صغاركم فقد استشرت من أشهر بعض الأطباء في العالم وأكد لي هذا الكلام، فـ أنا أعتذر لكم أشد الاعتذار عما سأفعله في هذه الفتاة ولكن كل هذا من أجل حمايتكم ثم نظر مارك إلى رجل كان يجلس على كومة التراب ويمسكه أكثر من ٥ حراس ويديه ورجله أيضًا كانا مكبلين بسلاسل حديدية ثم أشار مارك بيده على هذا الشخص وقال انظروا أيضًا إلى هذا الشخص مكبل الأيدي والأرجل إنه هو من نشر هذه العدوة

أثناء حمل المرأة بالفتاة أمسكت به بعد ٥ سنوات من البحث عنه، لم أقل هذا الكلام من قبل حتى اتأكد من صحته واليوم قد تأكدت من صحته

قال أحد الواقفين " إنه هو من سيسبب في قتل مانجيري إنه مذنب ويجب أن يقتل ونحن سنقتله بأيدينا" أنهى كلامه ثم أمسك بحجارة وألقاها على جانكين وعمل آخرون مثله وظلوا يلقون على جانكين بالحجارة حوالي نصف ساعة حتى فقد وعيه

مارك" توقفوا" ثم نظر إلى أحد حراسه " خذه من أمامي"

الكل يذهب إلى عمله قالها مارك وهو يسحب الفتاة خلفه

ذهب الكل إلى عمله ثم نظرت داملا إلى المرأة التي كانت تجلس على الأرض فقد كانت تبلغ من العمر ٣٠ عامًا كانت تصرخ تارة وتمرغ وجهها في التراب تارةً أخرى ثم ذهبت إليها وحاولت تهدأتها ولكن بلا جدوى جاء أحد الحراس وأخذ المرأة

داملا: إلى أين ستأخذها؟!

الحارس: مولاي أمرنا أن أخذها إلى بيتها هي وزوجها

ثم أخذ الحارث المرأة وزوجها إلى بيتهما لم يبقى في الساحة إلا داملا وأدونيس

ذهبت داملا إلى أدونيس وقالت: إلى أين أخذ مارك الفتاه يا هذا؟

جانكين منحني لها: سيقوم بقتلها في مكان بعيد كي لا تنتشر العدوى

داملا: أتظن أنني بلهاء يا أدونيس، إنني أعلم جيدًا أن هذه الفتاة ليست مريضة ويوجد شيء أخطر من هذا ستفعله أنت ومارك فيجب أن تخبرني الآن ماذا ستفعلون بهذه الفتاه؟

أدونيس: مولاتي أنا لا أعلم ماذا تقصدين، إن هذه الفتاة حقًا مريضة وإن لم تكن مريضة فلماذا مولاي سيقتلها؟

داملا: هذا ما أريد معرفته يا أدونيس منك الآن، لماذا مارك يريد قتل مانجيري؟

أدونيس: عفوًا مولاتي يجب على أن أذهب

ترك أدونيس داملا وغادر المكان وقفت داملا بعض من الدقائق تفكر فيما حدث الآن ثم تعبت من التفكير في هذا الأمر وغادرت هي الأخرى المكان وذهبت إلى القصر

***

عند مارك

أخذ مارك الفتاة عند المقبرة وقام بتخديرها ووقف يتنظر أدونيس وبعد دقائق جاء أدونيس

مارك غاضبًا: لما تأخرت عليَّ هكذا يا لعين

أدونيس: مولاي إن مولاتي داملا ربما إنها تعلم أن هذه الفتاة ليست مريضة

مارك: لما تقول هذا؟!

قص أدونيس على مارك الحوار الذي دار بينه وبين داملا

مارك شاردًا: لا تقلق من شأنها هيا افعل ما يجب عليك فعله قبل أن تستعيد وعيها

أدونيس: حسنًا مولاي

أخذ أدونيس الفتاة أمام المقبرة وقام بقطع عنقها لتسقط الدماء على المقبرة لينتظروا بضع دقائق

مارك: لماذا لم يحدث شيء؟!

أدونيس: لا أعلم، ربما لم تكن الفتاة

مارك غاضب: اللعنة

نظر مارك إلى أدونيس نظرة طويلة ثم أردف: خذ هذه الفتاة وقم بدفنها

أدونيس: هل نخبر والديها على مكان دفنها؟

مارك: حسنًا لا بأس

ذهب مارك من أمام المقبرة وهو يشيط غضبًا

***

عند داملا

ذهبت داملا إلى القصر وهي في قمة غضبها، ذهبت إلى غرفة الخدم التي أصبحت غرفتها، جلست على الفراش وهي تبكي على ما حدث وتشفق أيضًا على الفتاة ووالديها

داملا لنفسها: هناك خطبٌ ما وأنا أعلم هذا ولكن ما الذي يحدث، ولماذا أبي يفعل هذا؟ ولما يكرهني وينظر إليَّ نظرات بلهاء، وما سر تلك الغرفة ولما غضب عندما رآني هناك؟ يجب عليَّ أن أعلم سر هذه الغرفة، يجب أن أعلم كل هذا.

خرجت داملا من غرفتها وذهبت إلى آخر الطوابق حيث الغرفة ذات الأبواب الكثيرة هكذا سمتها داملا

دخلت داملا إلى الغرفة ووجدت الدواليب كما هي ذهبت عند الدولاب الأول الذي لونه أسود بخوف شديد

بلعت داملا ريقها بصعوبة شديدة وأغمضت عينيها ووضعت يديها على الدولاب لتفتحه ها قد بدأ الدولاب يفتح شيئًا فـ شيء بدأت تفتح داملا عينيها ببطء لتنتفض من شدة ما رأته إنه ليس دولابًا عاديًا بل كان ضوء لونه أزرق شديد يخرج من هذه الغرفة، بدأت داملا تفتح الدولاب أكثر إذ تأتي عاصفة من داخل الدولاب لتقع داملا أرضًا وبدأت أصوات تخرج من الداخل إنها ليست أصوات عادية ليس صوت إنسيًا وقفت داملا مرة ثانية بصعوبة بسبب شدة الهواء الذي يأتي من الداخل وحاولت أن تقفل باب الدولاب ولكن فجأة اختفى الباب وبقى الدولاب من غير أبواب أغمضت داملا عينيها ووقعت

مغشية عليها من شدة ما رأته وبعد فترة فاقت داملا ثم فتحت عينيها ببطء شديد لتنتفض بسرعة لما رأت

داملا لنفسها: أين أنا؟ ما هذا المكان؟

كانت داملا في غرفة من أربع جدران واسعة جدًا ويوجد نقوش على الجدران رسومات قديمة لفراعنة وفي نصف الغرفة مقبرة والواضح أن هذا المكان ما هو إلا مقبرة فرعونية، بدأت داملا تسير ببطء في الغرفة وهي تلمس جدرانها الفرعوني القديم ثم وقفت أمام المقبرة الذي كانت منحوتة على شكل فرعوني ذات لون ذهبي وبدأت تسير حول المقبرة وعندما كانت تتجول حول المقبرة وجدت صندوق صغير منحوت على شكل صورة المقبرة أخذها الفضول لتعرف ما في داخل هذا الصندوق الصغير حاولت كثيرًا أن تفتحه لترى ما بداخله ولكن محاولاتها باءت بالفشل أخذت الصندوق وحاولت أن تخرج من هذه المقبرة ولكن المفاجأة أنه لا يوجد أي أبواب للمقبرة انهارت داملا عندما تجول في فكرها أنها ستظل حبيسة في المقبرة إلى أن يحين أجلها وأيضًا لا يوجد أي فتحات للهواء إذًا أجلها قد حان جلست على ركبتيها تبكي بشدة على حالها حتى انقطعت أنفاسها لعدم وجود هواء داخل المقبرة وفجأة وقعت داملا مغشيًا عليها وبعد مدة فاقت داملا على صوت شخص تعلمه جيدًا بل تميزه عن كل أصوات العالم وهو صوت مارك الغاضب ينادي عليها بعصبية شديدة، فتحت داملا عينيها ببطء شديد وبدأت الرؤيا تظهر أمامها بوضوح شديد لتفزع داملا لما رأته وتقف سريعًا غير مصدقة لما يحدث أمامها

داملا لنفسها: كيف حدث هذا؟ ومن الذي أتى بي إلى هنا؟ أنا لا أعلم شيء إنها غرفة ملعونة، أعتقد أن كل هذا ما هو إلا حلم

كانت داملا في نفس الغرفة ذات الأبواب المختلفة ظنت داملا أنها كانت تحلم لا أكثر ولكن انتفضت عندما رأت ذاك الصندوق الصغير الذي رأته في المقبرة إذًا إنه ليس حلم بل حقيقة والدليل ما في يديها أخذت داملا الصندوق وخبأته في ثيابها وخرجت سريعًا من الغرفة حتى لا يراها مارك ويعاقبها على فعلتها هذه خرجت داملا من الغرفة عندما تأكدت أن كل الأبواب مغلقة وأغلقت باب الغرفة جيدًا وبعدها ذهبت إلى غرفتها لتخبئ

ذاك الصندوق كي لا يراه مارك حتى تعلم ما بداخله ثم ذهبت إلى مارك الذي كان جالسًا في غرفة مكتبه، دقت باب الغرفة ثم دخلت

داملا: كنت تريدني؟

مارك غاضبًا: أين كنتِ؟

داملا: كنت أنظف القصر أنت تعلم مولاي أنه كبير جدًا وبه غرف كثيرة وطوابق أكثر لذلك لم أكن أسمعك

مارك وهو ينظر إليها بنظرة لم تفهمها داملا: كم عمرِك الآن؟

داملا: لماذا؟

مارك: مارك لا يعيد الكلام

داملا: ثمانية عشر وبعد يومين سـ أُتمها وأنتقل إلى التاسعة عشر

وقف مارك أمامها وهو يضع يده في جيب بنطاله : إذًا لا خروج من القصر إلا أن ن تتمي العشرين

داملا وهي تضم حاجبيها: لما؟!

مارك مقاطعًا إياها: لأني أريد ذلك، ولا أريد ثرثرة كثيرة، هيا اغربي عن وجهي

عشت في ظلام دائم، لا أحد يفهمني

تخيلت لو كان في أمل للحياة!

كنت أبتسم بوجع،

أفرح بحزن،

أعيش بألم.

[٣]

ذهبت داملا إلى غرفتها وهي في قمة حزنها من معاملة هذا الذي يدعى مارك لها، كيف لأب أن يعامل ابنته هكذا؟! لما يعاملها بهذه القسوة؟ أليست هي ابنته وفلذة كبده؟! ما ذنبها أنها خُلقت فتاة بدلًا من فتى، إن بعض من الأحيان يأتي الفتيان إلى هذه الدنيا وهم يحملون الانكسار والانعواج لأهلهم، و كثيرًا تأتي الفتاة وهي تحمل الأفراح وزوال الهم والكرب، إن النساء هم الضلع التكميلي للرجال، فـ من دون النساء لا حياة للرجال، و أيضًا من دون الرجال لا حياة للنساء، إذًا الاثنين مكملين للآخر، السؤال هنا لما بعض الآباء يكرهون أنفسهم وأطفالهم عندما يعلمون أنهم أنجبوا فتاة وليس فتى؟!

بكت داملا وبشدة على حالتها هذه، كيف لهذه المسكينة أن تتحمل هذا العبء بمفردها لا صديقة لها ولا أخوة ولا حتى أهل، نظرت داملا إلى انعكاسها في المرآة ثم قامت بمسح دموعها ثم ابتسمت وقالت " القمر لا يبكي أبدًا رغم لسعته من الشمس، فـ أنا كـ القمر أنير كل الطرقات لينبهروا المارة بي رغم عتمتي من الداخل"

هذه كانت آخر كلمات تفوهت بها داملا قبل أن تغادر من الغرفة لتذهب إلى مارك مرة ثانية

داملا: أبي هل يمكنني أن أستعير مكتبتك الخاصة بعض من الوقت للقراءة؟

مارك وهو يخرج من الغرفة باستعجال: حسنًا لا بأس ولكن لا تخربي شيء

داملا بابتسامة: حسنًا لا تقلق مولاي

ذهب مارك وظلت داملا تفكر عمَّا ستقرأ لأنها تعلم جيدًا إن لم تحدد ما تريده قبل الذهاب إلى هناك لن تخرج من المكتبة إلا بعد أعوام كثيرة

داملا بعد وقت من التفكير: حسنًا يمكنني القراءة في كتب الدكتورة حنان لاشين وبـ الأخص " مملكة البلاغة " إنني سمعت كثيرًا عنها من الذين نفوا إلى الجزيرة قريب أتمنى أن تكون هنا في المكتبة

ذهبت داملا إلى الطابق السفلى من القصر، إن مارك وضع مكتبته تحت القصر كما يطلقون، حتى لا يزعجه أحد عندما يذهب للقراءة، كانت داملا أول مرة في حياتها تذهب إلى المكتبة، هي تعلم فقط أنها أسفل القصر ولكن هي لم تتجرأ للذهاب إلى هناك، عندما نزلت داملا أسفل القصر تفاجأت بما رأت

داملا لنفسها: إن أسفل القصر قصر ثاني يا إلهي، يوجد مداخل وأسرار كثيرة داخل هذا القصر وأنا لا أعلم بها ولكن كيف سأعلم أين غرفة المكتبة تبًا لك يا مارك"

كان المكان واسع للغاية به أكثر من ٢٠ غرفة متقابلين كان هذا المكان أشبه بسرداب، ليست أنوار هي التي تنير المكان بل أعواد مشعلة بالنار، ذهبت داملا لتفتح أول غرفة لتجد أنه يوجد باب آخر بعد الباب الرئيسي وكان هذا الباب عليه أعمدة كانت تشبه السجن تمامًا لكنه ليس سجن لأن داملا تعلم جيدًا أين يضع مارك المساجين، مسكت داملا الأعمدة

داملا: هل من أحدٍ هنا، أنا الملكة داملا ابنة الملك مارك ملك جزيرة ديالا، هل يسمعني أحد؟

ابتعدت داملا ثم ذهبت إلى الباب الآخر وكان يشبه الباب الأول

داملا: هل من أحدٍ هنا، أنا الملكة داملا ابنة الملك مارك ملك جزيرة ديالا، هل يسمعني أحد؟

ليظهر شخص ما في هذه الغرفة، كان غريب الأطوار، ظهر عليه الشيب له لحية بيضاء طويله جدًا

وقف هذا الشخص أمام داملا كان يفصلهم هذا الباب ذات الأعمدة الحديدية

العجوز: أنتِ هي المقصودة، اهربي من هنا، اهربي، مارك لن يترككِ، إن كنتِ تحبين نفسكِ اهربي من هنا سريعًا إنه سيقتلكِ ولن يترككِ، اهربي، اهربي، اهربي

قفلت داملا الباب الرئيسي لهذه الغرفة سريعًا، وضعت يديها على قلبها، كانت تتنفس بصعوبة شديدة وتفكر فيما قاله ذاك العجوز، ثم انتقلت إلى بابٍ آخر وفتحته وأمسكت الأعمدة الحديدية

داملا: هل من أحدٍ هنا، أنا الملكة داملا ابنة الملك مارك ملك جزيرة ديالا، هل يسمعني أحد؟

مجهول : د.. د.... د.... د.... داملا ابنتي

تعجبت داملا كثيرًا

داملا: من هنا؟ من أنت؟

ظهر رجل كان يبدو عليه الكِبر وملابسه ممزقة للغاية وعلى جسده كدمات أثر ضرب تفاجأت داملا، أنه هو من رأته في الساحة، إنه من قال عنه مارك أنه هو سبب قتل مانجيري

داملا: هذا أنت؟ أنت سبب قتل مانجيري؟ أنت من قمت بصنع الفيروس؟ إنك لعنه، قد تسببت في قتل فتاة لا تعلم شيء في هذه الحياة، تصحبك اللعنة.

جانكين: أنا لم أفعل هذا، لقد نفيت منذ فترة قصيرة إلى هنا، صدقيني يا ابنتي أنا لم أفعل هذا

داملا: أنا لست ابنتك

جانكين: إنكِ ابنتي حقًّا، إنكِ داملا جانكين، مارك ليس والدكِ أنا هو والدك

داملا منفعلة: أنت تكذب وعقاب الكَذب على أحد ملوك الجزيرة هو القتل، لا أعلم لما مولاي تركك حي حتى الآن عندما علم أنك من تسببت في قتل مانجيري

جانكين بدموع: أنا لم أفعل هذا صدقيني أنا لا أعلم حتى كيف يتم صنع ذاك الفيروس، إن مارك فعل هذا لأنه يعلم جيدًا أنكِ ابنتي وأركون ابنه

داملا متعجبة: من أركون هذا؟

جانكين: سوف أسرد لكِ الحقيقه كاملة وصدقيني

داملا: لا أريد سماع تفاهاتك هذه، إن الملوك لا يضيعوا وقتهم في هذه الحماقات

جانكين: أرجوكِ اسمعيني ولو دقيقة واحدة ولن أطول في الحديث أرجوكِ

داملا: تريدني أن أسمع كلامًا يتفوهه خائن

جانكين: مارك ليس والدكِ أنا هو والدكِ وأركون هذا ابني ولكن ليس ابني إنه ابن مارك وأنتِ ابنتي قد حدث خطأ عندما كانت زوجتي تلد كان في نفس اليوم التي كانت زوجة مارك تلد، زوجتي ولدتكِ فتاة بدلًا من فتى فـ أحد حراسي علم ذلك وعلم أيضًا أن هناك امرأة ولدت في نفس اليوم فتى فقام بتبديلكِ بأركون لأني حاكم قبيلة الوديان والحكام يتنازلون عن مناصبهم إن جاءهم فتاة لأنها تمثل لهم العار وصدقيني أنا لا أعلم ذلك وعلمت أن زوجتي هي من اتفقت مع الحارث بذلك أن جاءها فتاة وعندما علمت قتلتها ونُفيت إلى هنا صدقيني هذا كل ما في الأمر

داملا: أتريد أن تخبرني أني ابنتك وأني ولدت خارج هذه الجزيرة؟!

جانكين: نعم أنتِ لم تلدي هنا، عندما علم مارك أن زوجته ولدت فتاة بعدما بدلكِ الحارث قام بقتل زوجته ثم نفيته أنا هنا في هذه الجزيرة

داملا بدموع: أنت تكذب لأن مارك لا يفعل ذلك، مارك لا يقتل أحد إلا لو قام بمصيبة كبيرة، مارك عادل، عليك اللعنة.

جانكين: إن لم تصدقيني اذهبي إلى الوديان وقومي بعمل التحاليل لتعلمي الحقيقة

داملا بثبات: إن كان صحيح ما تقوله لما قتلت زوجتك عندما علمت ذلك، أليست الفتاة تمثل العار لكم؟ لماذا تركت قبيلتك؟ لا رد أليس كذلك؟ سوف أسرد لمارك ما تفوَّه به فمك اللعين وانتظر عقابه يا صاح

جانكين: علمتُ أن مارك سيقتلكِ، سيقتل ابنتي لذلك جئت لأُنقذكِ

قفلت داملا الباب الرئيسي وخرجت من القبو وذهبت إلى غرفتها وهي تبكي بحرقة على ما سمعت ثم نظرت إلى المرآة وقالت " رغم أن القمر يتوسط السماء بمفرده إلا أن النجوم كانت بصحبته دائمًا في كل ليلة إلا هذه الليلى تركوه بمفرده يبكي ولا أحد حاول أن يساعده"

ثم قامت بمسح دموعها وجلست على السرير لتدخل في نومٍ عميق لتبدأ بأحلامٍ فـ هل يا ترى أحلامها سعيدة أم مثل واقعها؟

❋❋❋

[في الحلم]

كانت داملا تقف على جبل لا ليست ثابتة على الجبل بل محلقة في الهواء وكانت تمسك تاج فضي اللون وكانوا الناس يلتفتون حول ذاك الجبل منحنيين لها وتنظر إلى يمينها لترى مارك راكعًا لها وفي قلبه سيف

لتنتفض داملا من حلمها سريعًا وكان التنفس لديها غير منتظم، لتغمض عينيها وتضع يديها على قلبها لتهدئه ثم تفتح عينيها ببطء شديد لتنظر إلى سقف غرفتها ثم تنزل من على الفراش لتقف أمام الشرفة لتنظر إلى القمر الذي كان كاملًا ثم تردف" يا ليت ذاك السرداب حقيقي وقابلت ذاك الشجاع خالد، لم أكن لأتركه يرحل إلى" مني" كان سيبقى معي ليحميني من شر الناس، كنت سأذهب معه مغامرة إلى أرض زيكولا وكنت قابلت الملك تميم والطبيبة أسيل، يا ليت ذاك السرداب حقيقي ويا ليت أنت يا خالد حقيقي ولست أسطورة، ثم شردت داملا في ذاك الحلم وعن منظر مارك وعلى كلام ذاك الرجل

الغريب وعلى كلام جانكين ثم نظرت إلى الصندوق الصغير الموضوع على الطاولة، ذهبت إليه لـ تتفاجأ داملا أن الصندوق بدأ يفتح، حاولت داملا أن تفتحه أكثر ولكن بكل أسف لم تقدر على فتحه، ثم أخذته وخبأته في الدولاب حتى لا يراه مارك، ثم ذهبت إلى السرير لتدخل في نومٍ عميقٍ مرة ثانية

الآن دقت الساعة الثانية عشر منتصف الليل بتوقيت قلبي، ستبدأ الآن الرحلة الطويلة التي لا يخلو اليوم بدونها، رحلة لا أحد يعاني فيها إلا أنا وروحي وبعض من كسور قلبي، رحلة سفرٍ طويلة جدًا سأخوضها بمفردي، كي لا أكذب سأخوضها مع وسادتي التي تشاركني كل ليلة رحلاتي في البكاء، عندما تدق الساعة معلنةً وصولها لأقصى الحدود ستبدأ الدموع وتنكسر القلوب وتسقط القهوة وينعوج القلم ويبقى الصمت سيد الجميع.

[٤]

في مكانٍ بعيد عن الجزيرة، كان يقف في شرفة غرفته وكان يبدو عليه الغضب وكان يفكر في أمرٍ ما قاطع تفكيره دقاتٍ على باب غرفته، أذن للطارق بـ الدخول

- علمت أنك تريدني

- نعم أريد أن أذهب إليه

- لكن لماذا؟

- أريد جوابًا منه على أسئلتي

- لا تفكر فـ الحقيقة ربما تكون مُرة ولن تتحملها

- أريد أن أذهب إليه، اعرف لي كيف الوصال إلى هناك في أسرع وقت

- حسنًا يا أركون كما تريد

أركون: حسنًا يا داش اذهب أنت الان

ذهب داش وبقى أركون يفكر فيما حدث منذ أسبوعين

[{فلاش باك}]

كان أركون يتجول بفرسه بين الأراضي ليجمع من الفلاحين الضرائب التي ظل الحال في دفع الضرائب من زمن محمد علي وإذا به يسمع صوت عويل يأتي من قصر الحاكم جانكين فـ إذا بـ فرسه يسرع نحو قصرهم، وصل أركون القصر ونزل من على فرسه ودخل القصر إذ به يجد على باب القصر من الداخل والدته وهي على الأرض والدماء تسيل منها وكان جانكين يقف بجوارها ويده ممسكة بالسكين الملطخ بالدماء،

أركون بذهول: أبي ماذا فعلت؟ لماذا قتلت والدتي؟ أبي أجب على سؤالي، إنك لم تفعلها صحيح؟

جانكين: لا تقل أبي، أنا لست والدك، عليك اللعنة أنت ووالدتك

بعد أن أنهى جانكين حديثه دخل مجموعة من الحراس إلى القصر ثم قال أحد الحراس

- نحن حرس الوزير كاللوا، قام الوزير بنفيك يا جانكين عقابًا على ما فعلته

ثم أخذوا الحراس جانكين وبقى أركون في ذهول مما يراه، ثم قام بدفن والدته وبقى يفكر في الأمر وبما حدث

[{باالك}]

أركون لنفسه: لا أعلم لما فعلت هذا يا جانكين، إنك لعنة عليَّ، بسببك أنت أركون لا يذهب إلى أي مكان، إن الشعب كله يتحدث عن فعلتك هذه يا جانكين لما فعلت في ولدك كل هذا، لما قتلت والدتي، يجب أن تجاوب على هذه الأسئلة يا جانكين يا لعين، إنك دمرتني ودمرت حياتي، لا أعلم لما فعلت هذا ولكن الذي أعلمه جيدًا هو أنني لم أعد ولدك المطيع أركون يا جانكين، لقد وقعت من نظري كثيرًا وستندم على فعلتك هذه كثيرًا.

❋❋❋

في الجزيرة وخاصة في قصر مارك

في يومٍ جديد تشرق الشمس لتعلن عن يومٍ ملئٍ بالمغامرات والأسرار في قصر مارك الجبار،

في غرفة مكتب مارك يقف أحد حراس مارك أمامه

الحارس: مولاي هناك شجار كبير بين أخين من عائلة المنشاوي

مارك : ما سبب الشجار؟

الحارس: بسبب أنهم يريدوا تقسمة بيتهم كـ ميراث مولاي

مارك بعصبية: ميراث؟! أي ميراثٍ هذا يا لعين؟ إنها جزيرتي أنا وهم يتشاجرون على أرضي أنا؟ أين هم؟

الحارث: إنهم في الخارج مولاي

مارك: يحمدون الله أني لدي الأهم وإلا كنت قتلتهم دون رحمة، اسمعني يا هذا اخرج وافتح لهم غرفة الجان الثانية واتركهم هناك حتى يعلموا كيف يتوارثون على جزيرتي

الحارث بخوف: ولكن مولاي إن هذه الغرفة...

مارك: ألم تسمعني ماذا قلت؟!

الحارث: حسنًا مولاي سأذهب

ذهب الحارث وبقى مارك بمفرده في غرفة المكتب، ذهب ووقف أمام النافذة وشرد إلى مكانٍ بعيد.

✳✳✳

في غرفة داملا

استيقظت داملا وأبدلت ملابسها وذهبت إلى غرفة المطبخ لتحضر الفطور لـ مارك قبل أن يفقد أعصابه عليها، أحضرت داملا الفطور بعقلٍ شارد تفكر ماذا ستفعل وما سبب ذاك الحلم والصندوق الصغير وجانكين والرجل صاحب الزنزانة هكذا لقبته داملا،

فاقت داملا على صوت مارك ينادي عليها بعصبية، ذهبت داملا إلى غرفة المكتب سريعًا قبل أن يغضب مارك أكثر

داملا: مولاي...

مارك: عقابك يا داملا قد انتهى ومن الآن سيأتي الخدم هنا، لقد لاحظت منذ فترة أنكِ لا تهتمي بصحتك وهذا ليس جيد أليس كذلك يا حبيبتي

داملا بصدمة: أنتَ بخير أبي؟!

مارك: نعم بخير ابنتي، لِما تسألين هذا السؤال؟

داملا بصدمة: لا شيء فقط أطمئن، على كل حال الفطار أصبح جاهز الآن على الطاولة

مارك: لا أريد أن أفطر الآن، اذهبي وأبدلي ملابسكِ وانتقلي إلى غرفتكِ الأساسية في القصر

داملا: شكرًا لك مولاي، عن إذنك

ذهبت داملا وبقى مارك الذي كان يبتسم ابتسامة جانبية لا، لا تلقب بهذا بل يجب أن تُلقب بـ الابتسامة الأكثر شرًا على الإطلاق

أخذ مارك مفتاح من أحد أدراج مكتبه وذهب إلى الطابق السفلي من القصر، فتح مارك الباب الرئيسي وقام بالدخول ومن ثم ذهب إلى الباب الثاني الذي كان به أعمدة حديدية

مارك: عزيزي تميم انظر إليّ أنا هنا مارك جئت خصيصًا إليك ألا تود مقابلتي؟

ظهر شخص ما في هذه الغرفة، كان غريب الأطوار، ظهر عليه الشيب له لحية بيضاء طويله جدًا وكان يرتدي قطعة قماش ممزقة ورديئة جدًا؛ نعم هو ذاك الشخص الذي ظهر لداملا

تميم: إن قال لي شخصٌ أنك هنا بنفسك لا أصدقه

مارك: لا تبالغ يا تميم، أنت تعرفني جيد

تميم: لذلك أنت وضعتني هنا يا مارك، لأني أعرفك جيدًا

مارك: لو لم تفعل ما فعلته منذ خمسة عشر عامًا كنت الآن حر وكنا أنا وأنت نفعل ما لم يفعله البشر

تميم: نحن بشر لذلك يجب أن نفعل ما يفعله البشر لا العكس يا مارك

مارك: بسبب عقليتك المتأخرة أنت هنا

تميم: وأريد أن أظل هنا دائمًا لو حريتي هي القتل

مارك: أي قتل؟! قلت لك أكثر من مرة هذا ليس قتل نحن ننفذ الأوامر

تميم بعصبية: تنفذ الأوامر لتقتل ابنتك؟

مارك: إنها كانت صغيرة لا تعلم شيء وكنا أنا وأنت...

تميم مقاطعًا حديث مارك: لا تتحدث عني يا مارك أنا لا أريد أي سُلطة، لا أعلم كيف لشخصٍ مثلك أن يكون أب، وأنا أشكر الله أني أنقذتها من شرك، لو لم أصل في الوقت كنت قدمتها كـ قربان

مارك مبتسمًا: والمفاجأة يا تميم الذي دعتني أن أكون بنفسي هنا أمامك هي أن بعد عامٍ واحد سأعيد ما كنت سأفعله منذ خمسة عشر عامًا، سأقدمها كـقربان وبعدها سأفتح المقبرة وسوف آخذ ما أريد وستصبح قوة العالم في يدي ومارك سيصبح أكثر قوة، سأقوم بعمل الطقوس قريبًا، سوف أدعوك لا تقلق

تميم: كيف تفعل هذا في ابنتك؟!

مارك: المفاجأة الكبرى أن داملا ليست ابنتي

تميم بصدمة: ماذا تقول يا رجل، إن العالم الثاني غير تفكيرك بالتأكيد

مارك: هذه الحقيقة يا تميم، إن داملا ابنة جانكين، جئت لـ أخبرك فقط أن بعد عامٍ في ليلة مكتملة القمر داملا ستقدم كـقربان، عندما تتم العشرين عامًا

ذهب مارك وبقى تميم يفكر

تميم لنفسه: يا ليتني هربتُ أنا وهي يا ليتني

[فلاش باك]

كان مارك يقف وبجواره تميم اللذان كانا ينظران إلى قبو مظلم من الداخل

مارك: اليوم عند اكتمال القمر سوف أقدمها كـقربان لهم وسنصبح أنا وأنت نملك الكرة كلها

تميم بقلق: مارك لا تفعل هذا

نظر مارك إلى تميم: تميم إن فعلت شيء سوف أقتلك ولن أرحمك أبدًا، نحن أصدقاء منذ نعومة أظافرنا، وأنت سرقت الحاكم ونفيت إلى هنا لتكون معي لذلك لا تفعل شيء تندم عليه

تميم: حسنًا؛ لن أفعل شيء

مارك: جيد

تميم: سوف أذهب إلى داملا

ذهب تميم إلى داملا التي كانت تلعب بالرمال

تميم: داملا حبيبتي ألا تريدين أن نلعب سويًا

داملا: نعم أريد

أخذ تميم داملا بعيدًا عن مارك حتى اليوم الثاني

مارك: سوف أقتلك يا تميم، إنك حرمتني من أمنيتي وأنا سوف أحرمك من الحياة يا تميم، سوف أقتلك بالبطيء

ومن ذاك اليوم وتميم موجود في هذه الغرفة

باااااااااك

تميم لنفسه: يجب أن أخبر داملا بالحقيقة كاملة يجب أن أخبرها أني تميم وما الذي سيفعله مارك بها إنها ضحية.

***

عند داملا في غرفتها

كانت داملا تفكر فيما قاله مارك وما الذي غيَّره فجأة هكذا لكن نفضت داملا تلك الأفكار من رأسها فالأهم أنه أصبح جيد معها وهذا جيد، فرحت داملا كثيرًا لأنها أصبحت الآن داملا مارك ابنة الملك مارك وليست الخادمة، ذهبت داملا إلى شرفتها الواسعة لتنظر إلى السماء التي تتوسطها الشمس؛ لتقول داملا لنفسها ستظل الحياة تلاعبني وسأظل كما أنا لا أنكسر بل سأنتظر حتى النهاية

خرجت داملا من غرفتها وذهبت إلى جانكين ولكن ما الذي ستفعله داملا عند هذا الذي يدعى جانكين وهل حقًا داملا ابنته وليست ابنة مارك أم هذه لعبة من جانكين وهل داملا صدقته

***

[٥]

فـ في الصمت حياة أُخرى

لا يعلمها غير الصامت،

حياة تضخ الحروب

فتعلن المِمات

ليبقى الحِداد سيد المكان...

وقفت داملا أمام الغرفة التي بها جانكين، كان المكان مظلم للغاية لا يوجد ضوء في هذا المكان أبدًا

داملا: جانكين ... يا جانكين أنا هنا داملا أريد الحديث معك قليلًا

جانكين: داملا ابنتي، علمتي الحقيقة أليس كذلك؟

داملا: أي حقيقة يا خائن أنت في عيني وعين كل شخص في الجزيرة مجرم، ونحن أيضًا نعلم أن كل مجرم يكذب ولكن الكذب يجري في دمك

جانكين بحسرة: صدقيني يا داملا أنا لا أكذب

داملا: اسمعني يا ذاك جئت لأخبرك أن تنسى هذا الذي تتفوه به ونصيحة مني لك أن لا تقول هذا الكلام مرة ثانية إذا كنت تحب نفسك وتريد النجاة، لأن مارك لن يتركك حي إذا تفوهت به مرة ثانية أو إذا عرف انني علمت ما تقوله سوف ينهي حياتك فورًا، واحمد الله أنه تركك حي بعد هذا الفيروس الذي نشرته وتسببت في قتل مانجيري

جانكين: أعلم أنكِ لن تصدقيني ولكن الذي أعلمه أني أقول الحقيقة

داملا بنفاذ صبر: انظر يا ذاك لقد نفد صبري أنا الملكة داملا ابنة الملك مارك ملك جزيرة ديالا وليس غير ذلك ونصيحتي الذي قلتها لك تذكرها جيدًا إذا أردت النجاة من مارك

أنهت داملا كلامها وخرجت من القصر بأكمله وذهبت إلى مكانها المفضل وهو عند البحر، جلست داملا على الرمال أمام الماء، ثم نظرت إلى السماء الصافية وقالت يا ليتني سحابة من سحب السماء إذا أرادت البكاء خبأت شمسها، وانفجرت بالماء وإذا أرادت الفرح أظهرت شمسها، يا ليتني من سحب السماء، ظلت داملا تتأمل في السماء قرابة ساعة وذهب خيالها إلى مكان بعيد جدًا، لا تعلم كم من الوقت مضى وهي على هذه الحالة شاردة.

❈❈❈

قبيلة الوديان

داش: أركون علمت أين يوجد جانكين ولكن لا أحد يذهب هناك هكذا

أركون: لا أفهمك يا داش كيف لا أحد يذهب إلى هناك

داش: إنه في جزيرة تسمى جزيرة ديالا والذي قام بإعمارها هو شخص اسمه مارك قام بنفيه جانكين لأنه قام بقتل زوجته لإنجابها فتاة بدلًا من فتى وكانت هذه الجزيرة خالية من كل شيء لا أعلم كيف قام بإعمارها هكذا وكيف قام ببناء قصره وكل هذه البيوت، وعلمت أيضًا أن مارك لديه فتاة وهي بعمرك يا أركون والوصول إلى هناك صعب لأن مارك الكل يخاف منه وهو يقتل بدم بارد وإذا ذهب شخص إلى جزيرته دون علمه فهو يقوم بتعذيبه لدرجة أنه يتمنى الموت كل دقيقة لذلك لا أحد يذهب إلى هناك دون أن ينفيه الوزير وقبل أن يذهب هذا الشخص إلى هناك يجب أن يعلم مارك قبلها بيوم على الأقل؛ لذلك أنا أنصحك يا صديقي أن تنسى الأمر وتنظر إلى حياتك ومستقبلك

أركون: مستقبلي يا داش قائم على جانكين، أريده أن يجيب على أسئلتي

داش: لكن ماذا ستفعل يا أركون ليس لديك حل

أركون : هناك حل يا صديقي

داش: ما هو؟

أركون: أن تقوم بالإبلاغ عني مثلًا أن تقول للوزير كاللو أني سرقت منك المال أو قمت بضربك أو ما يشابه

داش: حقًا أنت مجنون كيف لي أن أفعل ذلك بك، لا لن أفعل ذلك وأنت لن تفعل شيء واترك كل هذا للزمن

أركون: وأنا يجب أن أقوم ببناء الزمن؛ لأن زمني مبني على هذا يا داش

داش: أنت صديقي وأخي يا أركون ولن أسمح لك أن تفعل هذا بنفسك

أركون: هل ستساعدني أم أفعل هذا حقًا وبدلًا من أن تكون كذبة تكون حقيقة وأسرق

داش بتفكير: سأقوم بمساعدتك ولكن....

أركون بمقاطعة: لا تخف يا داش، أنت حقًا أكثر من أخٍ لي

داش: الآن أنا سأذهب إلى الوزير وأقول له أنك سرقت المال مني

أركون: حسنًا وأنا سأقوم بتجهيز نفسي، لأرى ماذا ستفعل

ذهب داش ليفعل ما قاله أركون وظل أركون يفكر فيما سيفعله في الأيام القادمة، بعد مدة من الزمن لا تقل عن ساعة جاء داش وكان غير قادر على أخذ نفسه

أركون: خذ نفسك يا أخي، لما تأخرت هكذا ظننت أن حدث معك شيء

داش: لن تذهب إلى أي مكان أبدًا

أركون: لماذا؟

داش: مارك قام بإرسال خطاب إلى الوزير أنه لن يقبل دخول أي شخص في جزيرته لأن العدد أصبح كبير جدًا

أركون بعصبية: اللعنة على هذا مارك، ولكن كيف وافق الوزير على هذا، إن مارك في الأصل منفي كيف يقبل الوزير أن مارك هو من يحدد بالتأكيد يوجد خطب ما يجب أن أعلمه

داش: لا أحد يتحدث مع مارك قلت لك أن الكل يخافون منه، وأنا معك في أنه يوجد خطب ما لكل هذا وبالأخص كيف فعل كل هذا في الجزيرة وقام بإعمارها هكذا وهي في الأصل كانت خراب، هل تعلم يا أركون أن هذه الجزيرة نفي إليها آلاف البشر قبل مارك وبعضهم إما توفى أو أنهى عقوبته ورجع إلى أهله هيكل عظمي وبعد رجوعه بيومين يكون قد توفي، السؤال الأهم كيف فعل مارك هذا؟؟

أركون: لا يهمني كل هذا الأهم لدي هو جانكين

داش : كيف لا يهم , إذا علمنا كل هذه الأسئلة الذي طرحتها لك سنقوم بتهديد مارك وبهذا ستدخل أنت الجزيرة دون مشاكل وسيجيب أدونيس على كَل الأسئلة

أركون: وكيف سنعلم كل هذا ونحن هنا، هل تعلم ماذا سأفعل الآن؟؟ سوف أفعل المستحيل لأذهب إلى هناك

داش: أريد أن أسألك سؤال وتجاوبني بصراحة

أركون: تفضل ما هو سؤالك يا صديقي؟؟

داش: ماذا ستفعل إذا أجاب جانكين على كل الأسئلة التي تتجول في ذهنك؟؟

أركون: على الأقل سوف أكون مطمئن لأني علمت الحقيقة وفي نفس الوقت إنه أخذ الجزاء

داش: ماذا ستفعل الآن؟

أركون: سوف أخلد إلى النوم إلى اللقاء وشكرًا علي مساعدتك لي

✸✸✸

في جزيرة ديالا

قامت داملا من مكانها وأخذت تسير على الرمال وهي تنظر إلى القمر الظاهر بأكمله أمامها كأنه يقول لها لقد انطفأ نوركِ وجئت أنا بدلًا عنكِ

داملا مفزعة: يا إلٰهي لقد نسيت أمر مارك إنه قال لي لن أخرج من القصر أبدًا كيف نسيت هذا؟ أنا أتمنى أن يكون خارج القصر الآن

أنهت داملا حديثها لنفسها وقامت بالإسراع إلى القصر وهي تدعو الله أن يكون مارك خارج القصر، كانت داملا تسرع خطواتها، في هذه اللحظة شعرت داملا أن الطريق أصبح طويل جدًا والوقت يمضي سريعًا، وأخيرًا ها قد بدأ القصر يتضح لها من بعيد، هو في الحقيقة ليس بعيد ولكن في نظر داملا بعيد للغاية كأنه في بلد وداملا في بلد أخرى، أسرعت داملا أكثر لتصل إلى القصر في أقل من خمس دقائق كان على بوابة القصر حراس كُثر، وعندما كانت تسير من أمام الحرس سمعت أحد الحراس يقول

حارس١: سمعت أن مولاي لم يقتل إلى الآن من قام بعمل هذا الفيروس

حارس٢: أنا أيضًا سمعت ذلك يجب أن يقتله لا أعلم لما يظل حيًا إلى الآن لقد بدأت أن أخاف لأن زوجتي ستضع مولودًا الأسبوع القادم وأخاف أن يكون مصيره مثل مانجيري

حارث١: لا تخف يا صديقي، اصمت مولاتي داملا جاءت

نظرت داملا إلى الحارسين ثم همَّت بالدخول إلى القصر وهي تفكر فيما قاله الحارس عن زوجته، ذهبت داملا إلى جانكين مرة ثانية بعدما تأكدت أن مارك ليس في القصر، وصلت داملا إلى غرفة جانكين

داملا: جانكين أريد الحديث معك في أمر هام

جانكين/ألم تصدقيني أليس كذلك!؟

داملا : هذا صحيح أنا لم ولن أصدقك

جانكين: إذًا ماذا تريدين؟

داملا: هذا الفيروس الذي نشرته ما علاجه ؟

جانكين بنفاذ صبر: لا أعلم لأني لم أنشر شيء

داملا : جانكين ساعدني حتى أساعدك، صدقني إن قلت لي علاج هذا الفيروس مارك سيحررك بالتأكيد

جانكين : أنا أشفق عليكِ حقًا، اعلمي الحقيقة كاملة يا داملا، مارك هو من فعل هذا، في الحقيقة أنا لا أعلم لما قام بقتل هذه الفتاة ولكن أعلم لما قال عني هكذا

داملا: ولما؟

جانكين: لأنه يعلم أني والدكِ، لذلك يريد التخلص مني

داملا بغضب: لقد ضيعت وقتي معك

غادرت داملا غرفة جانكين وكادت أن تخرج من الباب الرئيسي تذكرت ذاك الشخص الذى رأته قبل جانكين عندما جاءت أول مرة، نعم هو صديق مارك (تميم)

لتذهب إلى غرفته التي كانت بجوار جانكين لتقف داملا أمام الأعمدة

داملا: هل يوجد أحد هنا؟ هل يوجد أحد هنا؟

أعادت داملا الجملة مرتين ليظهر تميم أمام داملا

تميم: كنت أنتظر مجيئكِ قبل أن تقولي أي شيء أريد إخباركِ بشيء هام جدًا عنكِ أنتِ ومارك

داملا باستغراب: ما هو؟؟

تميم: هناك مقبره يريد مارك أن يقتحمها لأن بها شيء سيغير حياة الجميع إن استولى عليها مارك

داملا وهى تغمض عينيها بعض الشيء: ما هو؟ لا أفهم قصدك

تميم: لا وقت للشرح التفصيلي الآن ولكن الذي يجب أن تعرفيه أن هذه المقبرة مرتبطة بكِ

داملا باستغراب: كيف؟؟

تميم: لن تُفتح المقبرة إلا عندما تكوني أنتِ قربانًا لها؛ ولذلك سيقدمكِ مارك قربانًا لتفتح المقبرة

داملا بعصبية: لقد قل عقلك حقًا، هل تعلم بماذا تفوهت؟؟ هل أنت في وعيك؟ لا أعلم لما تكرهون مارك وتريدون أن أكرهه أنا أيضًا

تميم: صدقيني يا داملا أنا لا أكذب عليكِ، هو من جاء بنفسه وأخبرني بذلك

داملا: حقًا!! إن كان ما قلته صحيح لما لم يقدمني قربانًا حتى الآن؟؟

تميم: كان سيقدمكِ عندما كنتِ في الرابعة من عمركِ ولكن أنقذتكِ يا داملا في هذا اليوم ومن وقتها وأنا هنا، ألم تتذكريني أنا تميم كنت صديق والدكِ ولكن عندما علمت ماذا سيفعل أنقذتكِ؟ ولكن أخبرني مارك أن ما فعله في الماضي سيعيده عندما تتمي العشرين عامًا من عمركِ في ليلة مكتملة القمر

داملا: أنا لا أعلم من أصدق، لما الكل يكرّهني في أبي إنه في النهاية أبي أنا لن أصدقك لأن لا أحد يفعل هذا في ابنته وما الذي يريده من المقبرة

تميم: أولًا مارك ليس والدكِ ولكن لا أعلم هل هذا حقيقي أم لا، وثانيًا إن هناك داخل المقبرة شيء إذا أخذه مارك سيكون لديه قوة وسيستخدمها مارك في الشر، هناك حارث من الجان يحرس هذه المقبرة بأمر من ملك الجان وإن قُدمتِ أنتِ كـ كقربان سيأمر الملك الحارس بأن تفتح المقبرة وسيستولى مارك على الجزيرة وعلى العالم أيضًا

داملا بدموع: من قال لك أن مارك ليس أبي

تميم بأسف: مارك هو بنفسه من قال هذا ولكن لا أعلم ما قاله صحيح أم لا ولكن يجب أن تهربي من هنا يا داملا لأن مارك هذا ليس سهلًا سيقتلكِ

تذكرت داملا المقبرة التي دخلتها من الغرفة ذات الأبواب الكثيرة وذاك الصندوق وأيضًا الحلم

داملا بدموع: هل تعلم كيف لي أن أصل إلى قبيلة الوديان؟؟

تميم باستغراب: كيف علمتِ هذه القبيلة؟

داملا: من هذا الذي يدعى جانكين، قال لي أنه هو أبي وابنه أركون هو ابن مارك وقال حتى أتأكد من كلامه أن أذهب إلى هذه القبيلة وأعمل تحاليل لا أعلم ما اسمها

تميم بصدمة: تقصدين تحاليل الأبوة

داملا: أعتقد هي، ولا تفكر أني صدقته، لا بل لِ أُأكد لكم أنتم الاثنين أن ما تتفوهون به ليس صحيح، وبعدها ستتعاقبون عقابًا ليس بهين وأنا من سيعاقبكم

تميم: داملا أنا لا أعلم هذا الكلام صحيح أم لا ولكن الذي أعلمه جيدًا هو أنكِ يجب أن تهربي

داملا: لمَ تقل لي كيف الذهاب إلى القبيلة

تميم: لا أحد سيساعدكِ سوى حارس مارك الشخصي

داملا: هل تقصد أدونيس

تميم: نعم هو لأنه يذهب الى هناك من وقتٍ لآخر، ولكن أين قابلتِ جانكين؟؟

داملا: هو هنا في الغرفة الثانية بجوارك

تميم بعدم فهم: ولما جاء إلى هنا ؟؟

داملا بعدم اهتمام: لأنه قام بصنع فيروس وذاك الفيروس قد تسبب في قتل فتاة

تميم بصدمة: ماذا تقولين؟! وكيف علم مارك أن الفيروس قد أصاب الفتاة

داملا: الشعر البنفسجي وأيضًا بُقع

تميم: داملا هل تعلمين أن جانكين هذا هو في الأصل كان حاكم قبيلة الوديان؟

داملا: نعم أعلم لأنه أخبرني

تميم: تمام، لماذا لم يخطر على بالك لماذا حاكم مثل جانكين يقوم بصنع هذا الفيروس وأيضًا كيف جاء الفيروس إلى هنا فقط ولم يصب أي شخصٍ آخر؟! والسؤال الأهم لما قتل مارك هذه الفتاة ولم يعالجها

داملا: قتلها كي لا تنشر العدوى لأن لا أحد يعلم العلاج

تميم: لا يا داملا، فكري قليلًا كيف سيجلب مارك جانكين إلى هنا إنه حاكم القبيلة هو من يبعث المجرمين ليس العكس وجانكين ليس عالم كي يصنع فيروس يضر فتاة واحدة، هل تعلمي يا داملا أنكِ أنتِ المقصودة وعندما رأى مارك فتاة تشبهكِ فكر أن يقدمها بدلًا منكِ ويتركك أنت لـ مقبرة أخرى وأعتقد أيضًا أن جانكين يقول الحقيقة أنكِ ابنته ومارك يعلم ذلك لهذا السبب قام بحبسه هنا وجانكين لم يصنع أي فيروس وفي الحقيقة ليس هناك أي فيروس، اربطي الأحداث يا داملا وستفهمي كل شيء

لم تقل داملا أي شيء بل تركته وذهبت إلى غرفتها تفكر فيما سمعته اليوم سواء من جانكين أم من تميم، وقفت عند شرفة غرفتها تتأمل النجوم ثم تنهدت وقالت عندما نكذب على شخصٍ هو كل حياتنا فنحن نكذب على أنفسنا ومهما كذبنا في المساء فـ شمس الصباح ستكشف الحقيقة ومهما طال الليل فـ الشمس ستظهر بالتأكيد، لتذهب داملا إلى السرير ولكن رأت نورًا أزرق يخرج من الصندوق الصغير لتذهب داملا إليه وتلاحظ أن الصندوق قد فتح أكثر وظهر اللون الأزرق أكثر، لتلاحظ داملا أنه عندما تعلم شيء يخصها يفتح الصندوق أكثر، ظلت داملا تفكر قرابة نصف ساعة وها قد ربطت

الأحداث ببعضها، ثم أمسكت رأسها التي كادت أن تنفجر من كثرة التفكير تتمنى أنها لم تقابل جانكين ولا تميم أبدًا كانت على الأقل ستعيش الباقي من عمرها في سلام دون أن تفكر في أي شيء أما الآن فهي ستنفجر من كثرة التفكير والأهم من ذلك أن الشخص الذي رعاها هو سبب كل هذا، بكت داملا كثيرًا فقلبها كاد أن يخرج ليضمها هو بنفسه من كثرة الألم التي تشعر به، وجع الخذلان هو أكبر وجع على الإطلاق، أن تنكسر من أكثر شخص مهم في حياتك، إذا كان يخطط من الاساس ان يدمر حياتنا ان يخذلنا ويتركنا لما دخل في حياتنا لما تركنا نتعلق به لماذا لم يعترف لنا منذ البداية أنه جاء فقط ليجرحنا جرحًا لا علاج له، جرح سيترك أثرًا حتى بعد الموت، البشر أصبحوا يتنفسون شرًا، يتنافسون على من سيقوم بالأذية لذلك قلوبنا من الداخل محطمة ليست محطمة فقط بل هي فُتات لا تصلح للأذى أكثر من ذلك فـ أرجو الرحمة لأن قلوبنا لم تعد أن تتحمل أكثر من ذلك.

بعدما خبأت داملا الصندوق ودخلت في نومٍ عميق فهل يا ترى أحلام داملا مثل واقعها أم يُشكل لها أحلامًا تُنسيها مرار واقعها؟

■ ■

[في الحلم]

كانت داملا تقف في صحراء جرداء لا زرع فيها ولا ماء، وكانت ترتدي فستانًا طويلًا من اللون الذهبي وكانت ممسكة في يديها اليمنى تاج فضي اللون واليد الأخرى سيفٌ وبعد مدة من وقوفها هكذا ظهر مارك من بعيد وهو يجري وورائه مجموعة كبيرة من الرجال يحدفونه بالحجارة، وفجأة وقع مارك أمام داملا ووقف الرجال أمامها منحنين

فاقت داملا من حُلمها ترتعش أخذت تشرب بعض الماء، قامت داملا وأبدلت ملابسها وذهبت إلى مكتب مارك ولكن قبل أن تدخل إلى الغرفة سمعته يتحدث مع أدونيس

مارك: أدونيس اذهب إلى القبيلة وقم بشراء قطعة الأرض التي حدثتك عنها البارحة واعرف لي أخبار عن أركون، اجمعلي معلومات كثيرة عنه ولا تنسى أن تجلب لي الكتب التي أخبرتك عنها

أدونيس: حسنًا مولاي سأذهب اليوم في المساء، ولكن إن لم أجد هذه الكتب ماذا أفعل أنت تعلم أن هذه الكتب من المستحيل أن تكون في القبيلة؟!

مارك: لا تأتي إلى هنا من غير الكتب هل تفهم وإذا أراد الأمر أن تذهب إلى مصر فـ اذهب هذه الكتب مهمة بالنسبة لي

أدونيس: حسنًا مولاي سأذهب الآن حتى أقوم بتجهيز نفسي

مارك: حسنًا اذهب

ذهب أدونيس وبعدها دخلت داملا إلى مارك الذي كان يجلس على كرسي المكتب

داملا: مولاي أريد اخبارك بشيء ما

مارك بـ لا مبالاة: ما هو؟

داملا: لماذا لم تسمح لي بالخروج من القصر

مارك: هذا أمر ويجب أن تنفذيه

داملا: ولكن أنا أمِّل من الجلوس هنا بمفردي

مارك: لديكِ المكتبة اذهبي واقرئي ما شئتِ أنا لدي الأهم من هذه الحماقات التي تقوليها يا داملا ولا وقت لي لأسمعكِ

داملا: سأمضي وقتي كله في المكتبة للقراءة

مارك: افعلي ما شئتِ

ذهبت داملا من غرفة المكتب وذهبت إلى غرفتها وجمعت بعض من ملابسها في حقيبة صغيرة وأخذتها وذهبت إلى غرفة الطعام لتجد بعض من الخدم يجلسون على الطاولة يحضرون الطعام

داملا: أريد المساعدة هل سـ يساعدني أحد؟؟

الخدم بصوت واحد: بالتأكيد مولاتي ماذا تريدين ونحن سنساعدكِ؟

داملا: آسيا أريد الحديث معكِ

آسيا: حسنًا مولاتي

ذهبت آسيا مع داملا بعيدًا عن الخدم

داملا: أريدكِ أن تذهبي إلى شخصٍ ما وتخبريه أني أريده على الفور ولا يخبر مولاي مارك أنه سيقابلني

آسيا: ومن هو؟؟

داملا: أدونيس مساعد مارك الشخصي

آسيا بخوف: ولكن مولاتي لما لا يخبر مولاي مارك؟؟

داملا: لأني أريد الحديث معه بعيدًا عن مولاي مارك، وهذا أمرٌ مني لكِ يا آسيا

آسيا بخوف: ولكن مولاتي أنا ...

داملا مقاطعةً حديثها: آسيا لا تخافي أنتِ فقط ستخبريه أني أريده هذا كل ما في الأمر

آسيا بخوف: حسنًا مولاتي

ذهبت آسيا وبقيت داملا تفكر فيما ستفعله وهل هو صوابٌ من الأساس أم لا ولكن الذي كان يُغطي على كل هذا هو معرفتها للحقيقة، كانت تريد فقط معرفة الحقيقة،

ذهبت داملا إلى غرفة المكتب بعدما تأكدت أن مارك ذهب من القصر بأكمله، بعد مدة من الزمن جاء أدونيس

أدونيس: مولاتي أخبرتني الخادمة أنكِ تريديني في أمرٍ هام

داملا: نعم يا أدونيس، أخبرني ماذا ستفعل اليوم

أدونيس بعدم فهم: لا أفهم عليكِ مولاتي

داملا: سمعت أنك ستذهب إلى قبيلة الوديان اليوم

أدونيس: نعم مولاتي هناك بعض الأمور سأفعلها هناك، لكن لا أفهم

داملا: أريد الذهاب معك

أدونيس بصدمة: ماذا تقولي يا مولاتي

داملا: كما سمعت ولا أريد أن يعلم مارك وإن لم تفعل ما أقوله سـ أخبر مارك أنك حاولت أن تقتلني لتسرق الذهب الذي لدي وهو سيصدقني، ماذا ستقرر؟ تريد الموت أم تفعل ما أقوله

أدونيس بخوف: لكن مولاتي إن علم مولاي سيقتلني بالتأكيد

داملا: وكيف سيعلم مارك؟ إلا إذا قلت أنت له، ماذا ستقرر يا أدونيس ؟؟

أدونيس بخوف أكثر: حسنًا مولاتي، سـأذهب في المساء

داملا: حسنًا إذًا سـأكون بانتظارك

أدونيس: حسنًا

ذهب أدونيس وظلت داملا تفكر فيما ستفعله عندما تذهب إلى هناك وهي من الأساس لا تعلم أحد هناك، والذي يشغل تفكيرها هو إذا علم مارك ماذا ستفعل أو

بالأحرى ماذا سيفعل بها بالتأكيد سيقتلها هي وأدونيس، بعد مدة من التفكير ذهبت داملا عند جانكين مرة أخرى

داملا: جانكين أريد الحديث معك قليلًا

جانكين: ماذا تريدي؟؟

داملا: سأذهب إلى القبيلة دلني على ابنك

جانكين بـ ابتسامة: ستذهبي إلى أركون لتفعلي التحاليل أليس كذلك

داملا بتفكير: اسمه أركون؟

جانكين: نعم اسمه أركون حدثتكِ عنه من قبل

داملا: حسنًا علمتُ كيف أصل إليه، ولكن كيف أقنعه؟

جانكين: حدثيه عني وعن موت والدته الذي أخبرتك به هو بالتأكيد سيقتنع

داملا: أريد أن أخبرك أني لم أصدق ما تقوله ولكن سأفعل هذا فقط لأثبت أنك مؤلف روايات عظيم

جانكين: ستعلمي أني على حق بالتأكيد

غادرت داملا وذهبت إلى غرفتها تنتظر المساء حتى تذهب مع أدونيس

وقفت داملا عند شرفة غرفتها التي أصبحت رفيقتها ونظرت إلى السماء وقالت [في الحقيقة لا أعلم من أنا، هل أنا الفتاة التي كانت تبتسم للجميع أم أنا الفتاة السيئة في رواية أحدهم، لا أعلم من أنا؟! أصعب وجع على الإطلاق هو الوحدة أن تكون وحيدًا رغم من حولك سواء صديق أو أخ، لا أحد يشعر ما بك الكل يأخذون الظاهر فقط أما الداخل فلا أحد يعلم الحرب المشعلة به بل يزيدون النار أتمنى أن أعلم من أنا وما هو دوري في الحياة]

مدة من الزمن

آسيا: مولاتي أدونيس في الخارج بانتظارك

داملا مسرعة: حسنًا سوف أذهب الآن، صحيح مارك إن سأل عني أخبريه أني في المكتبة أقرأ بعض الكتب

آسيا: حسنًا مولاتي

ذهبت داملا إلى أدونيس

أدونيس: سنذهب سريعًا عند البحر هناك سفينة بانتظارنا

داملا: حسنًا هيا نذهب سريعًا قبل أن يأتي مارك

أدونيس بخوف : هيا بنا

ذهبت داملا وأدونيس إلى السفينة وبعدها أبحروا سويًا

كانت داملا تجلس في آخر السفينة ومعها قلم وأوراق كثيرة لتكتب فيها كل خواطرها لتخرج الطاقة السلبيه لديها

أدونيس: مولاتي العشاء أصبح جاهز الآن

داملا: لا أريد

أدونيس: لكن مولاتي يجب أن تأكلي أي شيء

داملا: قلت لا أريد يا أدونيس

أدونيس: حسنًا كما تحبي

شردت داملا بعيدًا لتفكر فيما هي عليه الآن وهل من الصواب ما تفعله إنها تحب مارك كثيرًا حتى لو يعاملها بشكل سيء إنه هو من رعاها

أخذت داملا تكتب على الأوراق

[ماذا لو تحققت أحلامي؟ سأرقص في منتصف الطريق سأرفع رأسي عاليًا لا تكبر ولا غرور، سوف أدفن تلك المغامرات في قاع قلبي ولا أتحدث بتاتًا عن معاناتي لأصل لهذا الحد، سأقف شامخةً لا أنحني مهما زادت الصعوبات سأظل كما أنا عبيرة في البُستان]

أنهت داملا هذه الكلمات وأغمضت عينيها من التعب مع نسمة الهواء الذي يلاعب خصلات شعرها، لتترك الصراع الذي داخلها وتدخل في نومٍ عميق لا به غموض ولا مغامرات

بعد أربع ساعات من الإبحار وها هم قد وصلوا إلى القبيلة

أدونيس: مولاتي نحن الآن في قبيلة الوديان، ولكن أخبريني ماذا ستفعلين؟!

داملا: أريد شراء بعض الكتب وأشياء أخرى

أدونيس: ولكن كيف سنتقابل ؟

داملا: اتركها للزمن

أدونيس باستغراب زمن؟!

داملا: أين ستذهب الآن

أدونيس: سأفعل ما أمرني به مولاي

داملا بتفكير: حسنًا إلى اللقاء إذا

ذهبت داملا بـ اتجاه غير الذي ذهب منه أدونيس

ظلت تفكر كيف ستصل إلى أركون إلى أن خطرت ببالها أن تسأل أحد المارة عنه ربما يدلها أحد عنه

❋❋❋

كانت القبيلة مليئة بالأراضي الزراعية والأشجار تتمايل رغمًا عنها مع نسمات الهواء، كانت البيوت معظمها ملونة بـ ألوان خيالية كـ أن هذه البيوت خرجت للتو من إحدى حلقات ديزني

كنت داملا تتأمل البيوت والأشجار وملابس المارة فـ هو بالتأكيد ليس مثل ملابس الجزيرة

داملا لـ إحدى المارة: إذا سمحت أريد الحديث معك قليلًا

أحد المارة: ماذا تريدين؟؟

داملا: هل تعلم أين يوجد أركون جانكين

أحد المارة: لا أعلم

ذهب الرجل وظلت داملا تتجول بين البيوت وتسأل عن أركون

داملا: لا أحد يعلم أركون وجانكين يقول أنه كان حاكم القبيلة كيف الحاكم ولا أحد يعرفه، أعتقد أنه يكذب عليّ هو بالتأكيد يكذب عليّ، سأحاول محاولة أخيرة وبعدها سأغادر القبيلة وأخبر مارك بكل شيء

داملا: إذا سمحت هل تعلم أين منزل أركون جانكين

أحد المارة: ومن أنتِ؟ ولِما تريدين أركون؟

داملا: أريده في حديثٍ خاص هل تعلم أين هو؟

أحد المارة: نعم أعلم فهو صديقي اسمي داش

داملا: وأنا داملا وأرجوك أريد أن أقابله

داش: حسنًا هيّا لنذهب إليه

ذهبت داملا مع داش وفي قلبها رهبة كبيرة منه هي لا تعلم من هو وهي الآن وثقت به وتذهب وراءه وهي لا تعلم أين سيأخذها

داش: لا تخافي هكذا يا داملا أنا صديق أركون الوحيد ثقي بي

داملا بقلق: وأين والد أركون أقصد أين جانكين الآن؟؟

داش: هو في جزيرة تدعى جزيرة ديالا

داملا بتفكير: وماذا يفعل هناك؟

داش: إنه يأخذ جزاءه

داملا: كيف لا أفهم؟؟ ماذا فعل ؟؟

داش: إنه قتل زوجته ولا أحد يعلم لما قتلها

داملا بصدمة: هل جانكين يعرف في الكيمياء

داش مبتسمًا: لا، ولا أحد هنا في القبيلة يحبها أبدًا، هل أنتِ تحبيها؟

داملا : لا أحبها أبدًا

داش: بعد قليل سنصل إلى القصر

داملا بـ استغراب: قصر!!

داش: نعم القصر الذي يعيش فيه أركون، ولكن أخبريني من أنتِ أنا لم اراكِ هنا من قبل

داملا بتوتر: قلت لك أنا داملا وأنا لست من القبيلة

داش: ومن أي قبيلة أنتِ

داملا بخوف: أرجوك لا أريد أن أخبرك من أين أنا إلا عندما أصل إلى أركون

داش بـ استغراب: حسنًا مثلما تريدي، وها نحن قد وصلنا

دخلت داملا مع داش داخل القصر وذهبوا إلى غرفة من غرف القصر بها مكتبة كتب كثيرة جدًا، كانت داملا الاول مرة في حياتها ترى مثل هذه الغرفة وهذه الكتب

داش: انتظريني هنا سأذهب وأخبر أركون أنكِ هنا

داملا: حسنًا

ذهب داش وظلت داملا تتأمل شكل الغرفة وذهبت إلى المكتب الذي كان يتوسط الغرفة وجلست على الكرسي الموضوع أمام المكتب وأمسكت الكتاب الذي كان موجود أمامها

داملا بصوت عالي: إنه كتاب إيكادولي

أركون: من أنتِ؟؟

داملا بفزع: أنا داملا، أنت أركون أليس كذلك؟

داش: نعم هذا أركون يا داملا، أنا سأذهب الآن يا أركون أراك قريبًا

أركون: حسنًا

ذهب داش وبقيت داملا مع أركون

أركون: ماذا تريدين مني؟

داملا: أنا داملا ابنة مارك ملك جزيرة ديالا وجئت لإخبارك بشيء هام جدًا

أركون بصدمة: جزيرة ديالا ؟! إنها الجزيرة التي فيها والدي

داملا: نعم هي

أركون: وماذا تريدين ولما جئتِ إلى هنا؟!

داملا: هل تعلم لما قتل جانكين والدتك؟

أركون بصدمة: لا أعلم، هل أنتِ تعلمين أي شيء عن هذا الموضوع

داملا: نعم أعلم ولكن لست متأكدة هل حقيقة أم لا لذلك جئت إليك لنعلم سويًا الحقيقة

أركون بتشكك: وأنتِ ما دخلكِ بهذا الموضوع إنه والدي إنا

داملا: لا، ليس والدك

أركون بصدمة: ماذا تقولي يا بلهاء

داملا: اسمعني إلى النهاية يا أركون، إن والدكِ يقول أن أنا ابنته وأنت ابن مارك الذي هو أبي ولمَّا علم جانكين هذه الحقيقة قام بقتل والدتك

أركون بعصبية: وما دخلها؟؟

داملا: لأنها هي من فعلت هذا، إنها ليست والدتك أيضًا لذلك قتلها لأنها هي من قامت بـإبدالك

أركون بغضب شديد: أنا لم أصدق ما تقوليه أنتِ تكذبين

داملا: وأنا أيضًا لم أصدق لذلك جئت إلى هنا لـ أعلم الحقيقة، أريد أن نقوم بتحاليل الأبوة لنتأكد وصدقني أنا لم أكذب عليك

أركون: لن أفعل أي شيء لأني لم ولن أصدقكِ، أنتِ بالتأكيد تريدي سرقتي

داملا بضحك: سرقة!! أي سرقة هذه الذي تتحدث عنها أنا ملكة جزيرة ديالا سأقوم بسرقتك أنت، هل تعلم أنا من يجب أقول هذا عليك أنت وجانكين تريدون أن تحكموا الجزيرة بفعلتكم هذه

أركون: حقًّا؟! ولما جئتِ إلى هنا إذًا؟

داملا: لأثبت لـ جانكين أنه مؤلف عظيم وبعدها سأسرد لمارك ما حدث وبالتأكيد سيقتله لأنه خائن وكاذب

أركون بتفكير: أنا موافق أن نقوم بهذه التحاليل ولكن شرط بعدها أن أدخل الجزيرة

داملا: وافقت على شرطك

أركون: حسنًا إذًا سنقوم بهذه التحاليل ولكن يجب أن نسافر إلى مصر لأن هذه التحاليل غير متوفرة في القبيلة

داملا: حسنًا هيا بنا

أركون: ليس اليوم، هناك قافلة ستذهب إلى مصر غدًا سنذهب معها وإن سألكِ أحد أخبريه أنكِ ابنة خالتي لا يجب أن يعرف أحد أنكِ ابنة مارك

داملا: حسنًا لا تقلق، مكتبتك هذه في غاية الروعة

أركون: شكرًا لكِ

داملا: هل تحب القراءة؟

أركون: نعم كثيرًا فـ هي قوتي عند ضعفي وعلاجي عند مرضي

داملا: وأنا أيضًا أحبها

أركون: حسنًا اقرئي ما شئتِ سأذهب الآن لأخبر القافلة

داملا: حسنًا

ذهب أركون وبقيت داملا تتأمل الكتب وفي النهاية أخرجت كتابًا وجلست تقرأ لتبحر في أعماق الكتاب، بعد أن أنهت داملا قراءة الكتاب أخذت أوراقها وبدأت تكتب "النهاية تقترب ولكن هل ستكون نهاية سعيدة أم مؤلمة كـ العادة لا أحد يشعر بما يشعر به الإنسان سوى نفسه، هو من يشعر بالضربة القاضية بمفرده الكل سواسية بالتأكيد ولكن سيقولون ليست مؤلمة بهذا الحد نعم فهي ليست مؤلمة بالنسبة لك أما بالنسبة لي فـ هي صاعقة، عندما نريد معرفة الأشخاص الذين يحبوننا لذاتنا ليست لمصلحة سنعرفهم عندما

نكون في مشكلة كبيرة، هذا ليس صعبًا ولكن الأصعب هو أن تلتفت وراءك لتجد أن المكان أصبح خالي من الأصدقاء"

أنهت داملا آخر كلماتها وتركت الأوراق على المكتب وقامت بمسح دمعتها الهاربة من عينيها ووقفت تنظر من شرفة المكتب التي كانت تطل على الجنينة لتنظر داملا إلى السماء المغيمة

أركون: لقد جئت

انتفضت داملا عندما سمعت صوت أركون: لقد أفزعتني يا أركون

أركون: آسف لم أقصد، سنسافر غدًا في الصباح الباكر

داملا: هذا جيد، هل تعلم عند أي طبيب سنذهب

أركون: نعم أنا أعلم المعمل

داملا: هذا جيد وأتمنى أن يكون هذا الكلام غير حقيقي

أركون: وأنا أيضًا أتمنى ذلك

داملا: أخبرني قليلًا عن جانكين إذا سمحت

أركون: جانكين هو حاكم القبيلة كان يحكمها بالعدل كان لا يحب الظلم أبدًا لهذا أنا لا أعلم لما قتل والدتي وأحرق قلبي عليها وتركني دون أجوبة وذهب إلى الجزيرة

داملا: هل يحب الكيمياء؟

أركون: ومن يحب الكيمياء؟!

داملا: هل كان لديه علماء يعملون على فيروسات لانتشارها

أركون: ماذا تقولين أنتِ؟! لا ليس لديه علماء ولا أحد لديه إمكانية لفعل هذا، ولكن لماذا؟!!

داملا بحزن: لأنه عندما جاء جانكين إلى الجزيرة أو عندما رأيته أنا أول مرة كان في الساحة أمام القصر وقال مارك أمام الجميع أنه هو من سيسبب في قتل مانجيري الفتاة ذات اللون البنفسجي لأنه قام بعمل فيروس وأصاب هذه الفتاة والكل يخاف من هذا الفيروس الآن

أركون: ماذا تقولين؟! هو لم يفعل ذلك هو ليس عالم يا داملا من قال لكِ ذلك فهو يكذب

داملا: مارك من قال ذلك، ولما مارك يكذب من الأساس؟!

أركون: لا أعلم

داملا بتفكير: هل كان جانكين يذهب إلى مكان بمفرده، أقصد لا أحد يذهب إلى مكان ما غيره؟؟

أركون: الحكماء ليس لديهم وقت أبدًا يا داملا، والذي تفكرين به غير صحيح وهذا الفيروس لماذا لم ينتشر هنا أيضًا إن كان انتشار الفيروس بدأ من القبيلة فـ بالتأكيد سينتشر هنا قبل الجزيرة

داملا بتفكير: صحيح ولكن لما فعل هذا؟

أركون: أعتقد قال ذلك بسبب نفيه إلى الجزيرة

داملا: وما سبب الفتاة إذًا؟!

أركون: لا أعلم

داملا بدموع: لقد فهمت فعل هذا بسبب المقبرة

لقد وصلنا إلى نهاية اللعبة، لعبة الحياة، فـ الحياة لعبة مؤلمة جدًا لا أحد يتحملها، لا العقل الذي أصبح مُشتت من كل الجوانب، ولا القلب الذي أصبح فُتات لا يتحمل الألم أكثر من ذلك، الطيبون في هذه الحياة من السهل أن ينكسروا، وأن يظلوا متعبون لا يدخل

السرور إلى قلوبهم أبدًا، يتعبون ويتعبون ويتعبون والمقابل هو كسرهم، وفي النهاية ستظل الحياة تستقبل الأقوياء فقط بسعادة أبدية، ومن يريد أن يصبح هكذا يجب أن يكون قوي، والقوة هنا ليست قوة البدن بل العقل.

***

[٦]

أركون: أنا لا أفهم شيء، وأي مقبرة التي تتحدثين عنها؟؟

داملا : هذا موضوع يطيل شرحه، وأتمنى أن يكون كل هذا كذبة

أركون: سنعرف الحقيقة قريبًا

داملا: أخبرني يا أركون هل النتيجة ستظهر غدًا

أركون: أعتقد لا يا داملا، ستظهر بعد يومين

داملا بتوتر: سأنتظر هنا يومين، إن علم مارك أني خرجت من القصر سيقتلني بالتأكيد

أركون بضحك: لا تبالغي هكذا يا داملا إنه في الأساس والدكِ

داملا بحزن: أنت لا تعلم مارك يا أركون

أركون: حسنًا يا داملا سأذهب إلى بيت صديقي داش وسأنتظركِ في الصباح أمام القصر

داملا: حسنًا يا أركون وشكرًا لك مرة ثانية

ذهب أركون وبقيت داملا تفكر فيما ستفعله في المستقبل، ظلت داملا تفكر إلى أن غلبها النوم وهي تجلس على الأريكة، بعد ساعات من النوم تستيقظ داملا لتنظر من شرفة الغرفة لترى أن الليل لم يذهب بعد لتجلس على الأريكة مرة ثانية وتنظر إلى الأوراق التي أمامها لتشرد برهة من الزمن ثم تمسك قلمها لتكتب بعض من نصوصها التي أدمنتها في هذه الأوراق

"ستظهر الحقيقة بعد ساعات، حقيقة ظلت مجهولة خمسة عشر عامًا، وحان الوقت الآن أن نريح عقلنا من التفكير وأن نستمتع بما هو معنا لأن وبعد انتظار هذه المدة الطويلة الذي كنّا نعاني منها سيأتي الفرج والعوض."

أركون: احم، داملا سنذهب الآن هل أنتِ جاهزة؟؟

داملا: أهلًا أركون، نعم أنا جاهزة

ذهب أركون وداملا إلى الحافلة وركب كل شخص إلى مكانه حيث ركب أركون بجوار داملا

أركون: داملا

داملا: ماذا؟؟

أركون: ماذا ستفعلين إن كان مارك ليس والدكِ؟؟

داملا بخوف: لا أعلم ولكن إن كان مارك ليس والدي سيكون كل ما قاله تميم صحيح

أركون: من تميم وماذا قال؟؟

داملا: أركون أرجوك لا أريد الحديث الآن, سـ أخبرك بكل شيء ولكن ليس الآن أرجوك اعذرني

أركون: حسنًا، في أي وقت تريدين الحديث فـ أنا موجود

داملا: حسنًا

بعد مدة من الزمن أخرجت داملا من حقيبتها بعض من الأوراق وقلمها وشرعت في الكتابة

"أتمنى أن يعوضني الله على كل ما مر بي من أحزان، أريد أن أشعر فقط بالسعادة التي طالما انتظرها منذ نعومة أظافري، أريد أن أعرف فقط شعورها، شعور هذه الفرحة التي نالها الجميع ما عدا قلبي لم يذقها بعد، ولكن أنا أثق بربي أنه سيعوضني بشيء أكبر من توقعاتي، ربما ليست في الدنيا، لا أعلم ها أنا أنتظر أن لا تسع الدنيا بأكملها أجنحتي من الفرحة"

أركون: هذا رائع

داملا بعدم فهم: ماذا تقصد؟!

أركون: أقصد هذه الكلمات التي تكتبيها رائعة جدًّا

داملا بـ ابتسامة: شكرًا لك يا أركون، هذه الأوراق هي صديقتي ولا أبالغ إن قلت إن أنها عائلتي، فـ أنا أحب أن أكتب نصوص واقعية

أركون: تقصدين أنكِ تكتبين من واقعكِ أنتِ أليس كذلك؟؟

داملا: نعم صحيح فـ أنا لا أعلم أحد حتى أكتب عن شعوره وفي الحقيقة لا أعلم كيف سـ أكتب عن شعور شخصٍ لم أعش ما مر به.

أركون:هناك كُتاب كبار يكتبون عنَّا، عندما تقرئين لهم تتوقعي أنهم هم من شعروا بهذا الشعور وليس نحن

داملا: قاموا بتجارب عديدة وأنت قلت بنفسك كُتاب كِبار ليس عابر سبيل، مثلًا يا أركون شخص فقد صديق له أو شعر بالخيانة أو أيًّا يكن وأنا حصل معي مثله فـ سأقوم بكتابة ما شعرت به وأنت تتخيل أني أكتب عنك وهكذا، هل فهمتني؟؟

أركون: نعم فهمت ما تقصديه

داملا: هذا جيد

أركون: أخبريني يا داملا مَن مارك

داملا: هو أبي، شخص يحب جزيرته كثيرًا، هو من قام بـتأسيسها وفعل كل شيء فيها، نعم هو عصبي كثيرًا ولكن هو شخصٌ جيد صدقني وأنا لا أصدق جانكين ﺃولا تميم

أركون: إذًا لِماذا أنتِ هنا؟؟

داملا: لأعلم الحقيقة

أركون: ألم تقولي أنكِ لم تصدقي جانكين ولا هذا تميم؟؟

داملا: لـ أثبت أن ما يتفوهون به غير صحيح وبالتأكيد سيكون لهم عقاب ليس بهين

أركون بعصبية: هل تعلمين يا داملا أنكِ أبشع من والدكِ؟

داملا بصدمة: ماذا تقول يا هذا؟!

أركون بعصبية: الحقيقة، أقول الحقيقة، أنتِ تضيعين وقتي ووقتكِ يا داملا، إن كنتِ لا تصدقيهم لماذا فعلتِ كل هذا؟! لتقتليهم صحيح؟!

داملا بدموع: لا، فقط أريد الحقيقة

أركون: أنتِ يا داملا متناقضة

داملا بدموع: لست متناقضة أنا فقط لا أعلم ماذا أفعل هل أصدقهم فيزول كل شيء؟ أم أكذبهم وأندم؟ لا أعلم يا أركون لا أعلم ولكن أنا لست بشعة صدقني

أركون: اهدئي يا داملا، أنا حقًا آسف لقد انفعلتُ كثيرًا، نحن الضحايا يا داملا ويجب علينا أن نتحمل حتى النهاية

داملا: وأنا تعبت من انتظار هذه النهاية التي لا أعلم كيف ستكون

أركون: أنا آسف يا داملا

داملا: لقد جرحتني يا أركون بكلامك

أركون: أنا متوتر جدًا يا داملا من هذه الحقيقة وأنتِ وترتيني أكثر بحديثك؛ لذلك قلت ما قلته أرجو أن تقبلي اعتذاري

داملا: حسنًا قبلت

أركون: شكرًا لك

نظرت داملا بعيدًا حيث الأشجار التي كانت تتسارع مع العربة ثم دخلت في نومٍ عميق، أما أركون فـشرد إلى بعيد جدًا يفكر فيما سيفعله عند ظهور الحقيقة وما الذي

سينتظره في المستقبل، ظلوا على هذه الحالة لمدة ثلاث ساعات حتى سمع أركون سائق العربة وهو يقول أنهم وأخيرًا قد وصلوا إلى أم البلاد والدنيا مصر الحبيبة

أركون: داملا، يا داملا، يا داملا...

داملا: ماذا ؟؟

أركون: لقد وصلنا إلى مصر يا داملا

داملا بفرح: حقًّا؟

أركون: انظري هذا هو المعمل هيا بنا

داملا: هيا

نزلت داملا وأركون من العربة وعبروا الشارع وذهبوا إلى المعمل

داملا: إنها مستشفى يا أركون

أركون: نعم هي مستشفى وداخلها المعمل

داملا: حسنًا

ذهبوا إلى موظفة الاستقبال

أركون: لو سمحتِ نريد أن نعمل تحاليل الأبوة

الموظفة: حسنًا أريد خصلة شعر أو أي شيء من قبيل هذا من الأب والابن

أركون وهو ينظر إلى داملا ماذا سنفعل؟؟

داملا: أخبرني جانكين بهذا

أخرجت داملا من حقيبتها بعض من الشعر مغلف

داملا: هذا لـ جانكين، وهذا لـ مارك وهكذا يتبقى أنا وأنت

أركون: حسنًا هذا جيد، وهذه لي

داملا: وهذه الخصلة لي

أخذت الموظفة الخُصل من أركون

الموظفة: حسنًا انتظروني ثواني

ذهبت الموظفة وتركت داملا وأركون ينتظرونها وبعد مدة قصيرة جاءت الموظفة

الموظفة: النتيجة ستظهر غدًا

أركون: حسنًا

داملا: وماذا سنفعل الآن وأين سنذهب؟؟

أركون: لا أعلم ولكن سننتظر النتيجة

داملا بضحكة بلهاء: شكرًا على المعلومة أركون

أركون بضحك: العفو سيدتي

داملا: ما رأيك أن نتجول

أركون: نحن لا نعلم أي شيء هنا

داملا بتفكير: أعلم ذلك، ما رأيك أن نذهب إلى الأهرامات

أركون: لما؟؟

داملا: أريد أن أراها وأن أتجول حولها وأعرف أكثر عن تاريخنا، أرجوك يا أركون

أركون: حسنًا هيا بنا إنها ليست بعيدة عن هنا

داملا: أنت تعلم أين هي؟؟

أركون: لقد جئت هنا كثيرًا مع أبي

داملا بحماس: هذا جيد

ذهبوا هما الاثنين إلى الأهرامات، وبعد نصف ساعة من المشي

داملا: لقد تعبتُ كثيرًا

أركون بضحك: وأنا أيضًا ولكن انظري هذه هي الأهرامات

نظرت داملا من بعيد متعجبة عن ما تراه

داملا بذهول: ما هذا؟؟

أركون: ماذا؟؟

داملا: إن هذا الشيء يفيق الخيال حقًا، سيزول عقلي من هذا المنظر إنها في غاية الروعة حقًا يا أركون هذه أول مرة في حياتي أرى مثل هذا، إن الذي يعيش هنا بالتأكيد يفتخر ببلده وأنه ولد هنا وليس في مكانٍ آخر

أركون: هذا صحيح يا داملا المصريون يفتخرون حقًا ببلدهم وأنتِ أيضًا يجب أن تفتخري أنكِ من جنس العرب وليس من الغرب

داملا: هذا صحيح يا أركون، ولكن انظر إن مصر حقًا جميلة أعتقد لا يوجد بلد بجمالها

أركون: داملا أريد أن أسألكِ سؤال

داملا: تفضل

أركون: لماذا الأجانب يأتون إلى هنا؟؟

داملا: ليروا جمالها

أركون: ولكن يا داملا في البلاد الخارجية هناك حقًا جمال البلاد يفوق كل شيء

داملا: أعتقد لأن مصر بها سحرٌ خاص يجذب كل الناس

أركون بـ ابتسامة: هذا صحيح وأيضًا جميع من هنا لهم روحٌ خاصة وطريقتهم في التعامل ممتازة وهذا يجذب الناس وأيضًا نيل مصر العذب فوق الخيال لذلك سميت مصر بـ أم الدنيا

داملا بـ ابتسامة: تعرف قد قرأت قصيدة عن مصر للشاعر [أحمد شوقي]

كان الشاعر يمدح مصر وكان من حديثه عن مصر ووفائه لها أحببتها

أركون: ما هي القصيدة!

داملا:

تَسْألي عَن مِصرَ حَوّاءِ القُرى وَقَرارَةِ التاريخِ وَالآثارِ فَالصُبحُ في مَنفٍ وَثيبَة واضِحٌ مَن ذا يُلاقي الصُبحَ بِالإِنكارِ بِالهَيلِ مِن مَنفٍ وَمِن أَرباضِها مَجدوعُ أَنفٍ في الرمالِ كُفاري خَلَتِ الدُهورُ وَما اِلتَقَت أَجفانُهُ وَأَتَت عَلَيهِ كَلَيلَةٍ وَنَهارِ ما فَلَّ ساعَدَهُ الزَمانُ وَلَم يَنَل مِنهُ اِختِلافُ جَوارِفٍ وَذَوارِ كَالدَهرِ لَو مَلَكَ القيامَ لِفَتكَةٍ أَو كانَ غَيرَ مُقَلَّمِ الأَظفارِ وَثَلاثَةٍ شَبَّ الزَمانُ حِيالَها شُمٍّ عَلى مَرِّ الزَمانِ كِبارِ قامَت عَلى النيلِ العَهيدِ عَهيدَةً تَكسوهُ ثَوبَ الفَخرِ وَهيَ عَوارٍ مِن كُلِّ مَركوزٍ كَرَضوى في الثَرى مُتَطاوِلٍ في الجَوِّ كَالإِعصارِ الجِنُّ في جَنَباتِها مَطروقَةٌ بِبَدائِعِ البَنّاءِ وَالحَفّارِ وَالأَرضُ أَضيعُ حيلَةً في نَزعِها مِن حيلَةِ المَصلوبِ في المِسمارِ تِلكَ القُبورُ أَضَنَّ مِن غَيبٍ بِما أَخفَت مِنَ الأَعلاقِ وَالأَذخارِ نامَ المُلوكُ بِها الدُهورَ طَويلَةً يَجِدونَ أَروَحَ ضَجعَةٍ وَقَرارِ كُلٌّ كَأَهلِ الكَهفِ فَوقَ سَريرِهِ وَالدَهرُ دونَ سَريرِهِ بِهِجارِ أَملاكُ مِصرَ القاهِرونَ عَلى الوَرى المُنَزَلونَ مَنازِلَ الأَقمارِ هَتَكَ الزَمانُ حِجابَهُم وَأَزالَهُم بَعدَ الصِيانِ إِزالَةَ الأَسرارِ هَيهاتَ لَم يَلمِس جَلالَهُمو البِلى إِلّا بِأَيدٍ في الرَغامِ قِصارِ كانوا وَطَرفُ الدَهرِ لا يَسمو لَهُم ما بالُهُم عُرِضوا عَلى النُظّارِ لَو أَمهَلوا حَتّى النُشورِ بِدَورِهِم قاموا لِخالِقِهِم بِغَيرِ غُبارِ

أركون: ما هذا الجمال حقًا

داملا: أنا حقًا أشكر كل كاتب يكتب عن جمال مصر فهو حقًا يحبب كل قارئ ببلده أكثر

أركون: هذا صحيح يحيا كل كاتب يكتب عن بلده

داملا بـ إحراج: أركون

أركون: ماذا؟؟

داملا: في الحقيقة أنا جائعة جدًّا

أركون بـ ابتسامة: وفي الحقيقة أنا أيضًا

داملا: أريد فقط بعض السندوتشات

أركون بضحك: حسنًا انتظريني هنا سوف أجلب الطعام لا تذهبي إلى مكان

داملا: حسنًا

ذهب أركون وبقيت داملا تنظر إلى شكل الأهرامات التي أخذت عقلها عندما رأتها في الحقيقة الأهرامات لم تأخذ عقل داملا فقط بل أخذت عقول كل من رآها "يوجد في مصر العديد من الأماكن السياحية الرائعة وعندما يأتوا السياح إلى بلدنا ينبهرون ويتمنون أن يبقوا هنا في مصر أما أغلب المصريين يتمنون فقط في فرصة للهرب منها، حقًّا لا أفهم فيما يفكرون أنها مصر أمنا قبل أي شيء ويكفي أنها ذكرت في القرآن الكريم"

أركون : لقد جئت

داملا وهي تأخذ منه بعض من الخبز: أركون هل سنذهب إلى فندق هذه الليلة؟؟

أركون: نعم سنذهب هناك فندق قريب من هنا قمت بحجز غرفتين الآن

داملا: هذا جيد شكرًا لك

بعد مدة من الوقت

داملا: أركون قد جاء الليل سريعًا

أركون: صحيح هل نذهب إلى الفندق؟؟

داملا: نعم هيا بنا

قامت داملا وأركون وذهبوا إلى الفندق

أركون: لقد حجزت غرفتكِ بجواري إن احتجتِ لشيء

داملا: حسنًا

دخل كلًّا من داملا وأركون إلى غرفهم

كانت الغرفة واسعة جدًّا يتوسطها سرير كبير وعلي اليسار مكتب صغير وبجوار المكتب شرفة صغيرة والتي تطل على الأهرامات، ووقفت داملا أمام الشرفة بعض من الوقت بعدما قامت بتبديل ملابسها ثم جلست على سريرها وأخرجت الورق من حقيبتها وبدأت تسرد معاناتها لصديقتها الوحيدة

"أحبك يا ليل لأني أرى قمري، لماذا يا قمري تركتني كل هذه المدة؟؟ ألم تشتاق لي؟؟ ألا تريد أن تعرف المزيد عن قصتي؟؟ حسنًا حسنًا سأتحدث، عندما نشعر بالحزن نحن البشر نكره العالم بأكمله لا نريد أن نرى أو نسمع أحد فقط الذي نسمعه هو القلب الذي يأخذنا إلى المصائب أحيانًا، هل تعلم يا قمري ما هو السؤال الدائم الذي يتجول في خاطري؟؟ هو ماذا لو تحققت أحلامي؟؟ هل تعلم ماذا سأفعل؟

سأرقص في منتصف الطريق، سأرفع رأسي عاليًا لا تكبر ولا غرور، سوف أدفن تلك المغامرات في قاع قلبي ولا أتحدث بتاتًا عن معاناتي لـ أصل لهذا الحد، سأقف شامخةً لا أنحني مهما زادت الصعوبات سأظل كما أنا عابرةً في البستان"

انتهت داملا من الكتابة وانتقلت إلى فراشها لتدخل في نومٍ عميق، وبعد ساعات من الهدوء التام في أنحاء القاهرة وتحديدًا بعد شروق الشمس لتعلن عن يومٍ جديد ونهاية فصلٍ من الأحداث الواقعية ولكن السؤال الذي يتجول في عقولنا هل النهاية يجب دائمًا أن تكون سعيدة؟

يستيقظ أركون على صوت العصافير معلنةً خروج الشمس من مسكنها لتنير الحياة، أبدل أركون ملابسه وبعدما انتهي خرج من غرفته متجهًا نحو غرفة داملا وفي نفس اللحظة الذي وصل بها أركون الباب خرجت داملا

داملا: أركون ماذا تفعل هنا؟!

أركون: جئت إليك لأخبرك أنه حان الوقت لنذهب

داملا: حسنًا أنا جاهزة

أركون: حسنًا إذًا هيا بنا

ذهب أركون وداملا إلى المعمل ليعلموا الحقيقة التي ستغير حياتهم بـ أكملها بعد مدة من السير وصلوا إلى المكان الذي سيغير حياتهم ولكن السؤال هنا هل هذا التغيير سيكون تغييرًا جيدًا أم لا؟!

دخلوا إلى المستشفى ووصلوا عند موظفة الاستقبال

أركون: نحن قمنا بعمل تحاليل الأبوة أمس

الموظفة: ما الاسم؟

أركون: أركون جانكين و داملا مارك

الموظفة: حسنًا انتظروني دقيقة

ذهبت الموظفة وبعد خمس دقائق جاءت ومعها ظرفين

الموظفة : تفضل هذه نتائج التحاليل

أخذ أركون الظرفين وشكر الموظفة وخرجا من المستشفى

داملا بتوتر: هيا يا أركون قم بفتح هذا الظرف

أركون: حسنًا

فتح أركون الظرفين وأخرج منهم الورق

أركون: تفضلي هذه الورقة لكِ

أخذت داملا الورقة وظلت تنظر لها

داملا: أنا لا أفهم شيء

أركون: ألا تجيدي اللغة الأجنبية؟

داملا: لا، فقط لغتنا لغة العرب

أخذ أركون من داملا الورقة وظل ينظر إلى الأوراق مدة تصل إلى عشر دقائق كانت هذه المدة تمر على داملا كأنها عشر سنوات

داملا بتوتر: أركون ما خطبك؟؟ ماذا يوجد داخل الأوراق؟

أركون بنبرة مهزوزة وضعيفة: مارك يكون والدي

داملا بدموع: تمزح معي صحيح؟ أنت تمزح أليس كذلك؟ أركون لا وقت للمزاح الآن

أركون بثبات: هذه حقيقة يا داملا

ترك أركون داملا وذهب بعيدًا عنها بخطوات، ذهبت إليه داملا وجدته يبكي كانت أول مرة منذ أن قابلته تراه بهذا الضعف

داملا بدموع : أعلم أن هذا صعب يا أركون

أركون: كنت أريد أن يكون كل هذا كذب، لا أريد أن أكره أمي، آسف أقصد والدتكِ الحقيقية

داملا بعدم فهم: ولماذا تكرهها؟؟

أركون بعصبية: لأنها هي السبب في قتل والدتكِ وخطفي من أهلي

داملا: هذا قدرنا يا أركون، يجب أن تكون سعيدًا الآن لأنك ستكون ملك مملكة جزيرة ديالا بعد مارك لأنك وريثه الوحيد

أركون بثبات: داملا يجب أن تذهبي إلى الجزيرة وتعيشي مثل ما كنتي وتنسي تمامًا أمر التحاليل

داملا بعدم استيعاب: ماذا تقول يا أركون، يجب أن نخبر مارك وأنت مكانك في القصر بجوار مارك

أركون بعصبية: داملا يجب أن تنسي أركون والتحاليل ولا تخبري مارك بشيء

داملا بصدمة: إن كنت تريد أن تهرب من الحقيقة فـ أنا لا يا أركون، إن جانكين في السجن يجب أن أحرره وأنا أعلم أيضًا لما فعل مارك كل هذا به

أركون: لا تقومي يا داملا بفتح الماضي ربما يكون مؤلمًا لكِ

داملا: سيكون مؤلم أكثر مما أنا فيه؟ لا يا أركون يجب أن أعرف الحقيقة، لو أنا تركت كل شيء هناك أبرياء سيموتون، يجب أن أقلب في الماضي ليرتاح ذاك القلب

أركون: وماذا ستفعلين؟

داملا: سوف أذهب إلى جانكين وأخبره بكل شيء وبعدها سأذهب إلى مارك وأعلم منه كل شيء

أركون: والآن؟

داملا: والان يجب أن نذهب إلى القبيلة، هناك على ضفة النهر شخص أعرفه سيقوم بتوصيلنا إلى الجزيرة

أركون: بتوصيلنا؟!

داملا: أنتَ ستذهب معي يا أركون

أركون: هذا مستحيل ماذا تقولين؟! لا لن أذهب إلى أي مكان

داملا: لما أنت خائف هكذا يا أركون؟؟

أركون: لست خائفًا ولكن لا أريد أن أواجه جانكين

داملا : بدأنا معًا الرحلة ومعًا سننهيها

أركون: ولكن يا داملا ....

داملا: أرجوك يا أركون

أركون بنفاذ صبر: حسنًا، هيا بنا نذهب إلى القبيلة

ذهب أركون وداملا إلى عربة كانت بانتظارهم فـ أركون رتب كل شيء قبل أن يأتوا إلى مصر، ركب أركون بجوار داملا وانطلقت العربة نحو القبيلة، كانت داملا تنظر إلى الطبيعة حيث الأراضي الخصبة والأشجار العالية أخرجت داملا ورقة وقلم من حقيبتها وبدأت في كتابة نصوصها العظيمة "ها أنا الآن على ضفة النهر على حافة السقوط، هل من منقذ سينجدني أم ستظل يدي تلوح في الهواء حتى الغرق؟"

أنهت داملا آخر كلماتها ونظرت إلى أركون الذي كان شاردًا غير منتبهٍ لأي شيء ثم نظرت من نافذة العربة وبعدها دخلت في النوم بعد مدة من الزمن نظر أركون إلى داملا التي كانت في نومٍ عميق

وقال: لقد قست علينا الدنيا يا داملا، لا أحد اختار حياته أو ما نحن به بل جبرنا عليه، ويا ليتكِ لم تفتشي في الماضي، لقد قلبتِ كل الموازيين وستبدأ الحرب وأنتِ قائدها

أنهى أركون كلماته ثم أيقظ داملا على وصولهم إلى القبيلة

داملا: لا وقت لدينا الآن يا أركون يجب أن نذهب إلى ضفة النهر قبل غروب الشمس

أركون: لماذا قبل غروب الشمس؟!

داملا: لأن بعد الغد يوجد احتفال في الجزيرة

أركون: لما الاحتفال؟!

داملا: لأنه اليوم الذي جاء به مارك إلى الجزيرة في كل عام في هذا اليوم نحتفل بهذا اليوم

أركون: إذًا نذهب غدًا، لما العجلة إذًا

داملا بنفاذ صبر: لأن غدًا لا يجب لأحد من خارج الجزيرة أن يدخلها من الغد إلى نهاية الأسبوع

أركون: فهمت، هيا إذًا

ذهبت داملا وأركون إلى ضفة النهر، عندما وصلوا وجدوا شخصًا يجلس على الرمال وينظر إلى أمواج البحر الهادئة

داملا: سيد نديم

نظر إليهم رجل يبدو عليه الكبر يرتدي قميصًا ممزق بعض الشيء ملامحه هادئة مبتسمًا

نديم بـ ابتسامة: مولاتي أنتِ هنا؟

داملا بـ ابتسامة أكبر: نعم هنا منذ يومين، كيف حالك؟

نديم: أنا بخير، هل مولاي هنا أيضًا؟

داملا: لا أنا بمفردي

نديم: كيف أساعدكِ مولاتي؟

داملا: أريدك أن تأخذنا إلى الجزيرة

نديم بقلق: ولكن مولاي مارك لم يخبرني

داملا: وأنا ألأمرك يا سيد نديم

نديم بخوف: أرجوكِ مولاتي سيقتلني مولاي

داملا : أرجوك سيد نديم أريد أن أذهب للجزيرة اليوم، وأنت تعرف أن من الغد ولمدة أسبوع لا أحد يدخل إلى الجزيرة وأنا أعدك لا أحد سيمسك هذا وعد

نديم: حسنًا مولاتي، ولكن هذا الشخص غريب عن الجزيرة كيف سيدخلها دون أمر من مولاي

داملا: إنه يدخلها مني، من ملكة جزيرة ديالا؟!

نديم: حسنًا، هيا بنا

صعدت داملا وأركون إلى السفينة وبعدها أبحرت السفينة داخل أمواج الحر الهادئة وليس لهدوئها سوى عاصفة قادمة ستغير كل شيء

ظلت داملا تنظر إلى أمواج البحر وتركت العنان لشعرها الحرير وهو يتطاير مع نسمات الهواء، أغمضت عينيها لتستمع إلى أصوات الطيور التي فوقها، أما أركون فهو يجلس مع نديم يتسايرون في أمورٍ عدة ليتخلص من الوقت الفارغ لديه، وبعد ساعات من الإبحار قد وصلوا وأخيرًا إلى الجزيرة

داملا بقلق: أركون ها قد وصلنا ماذا سنفعل؟

أركون بصدمة: ماذا تقولين؟ أنا لا أعرف أي شيء هنا

داملا: أنا قلقة من شأن مارك

أركون: سنذهب ونخبره أننا علمنا الحقيقة وينتهي كل شيء

داملا بخوف: لا يا أركون مارك لو علم أننا علمنا الحقيقة سيقتلنا في الخفاء

أركون: إذًا ماذا سنفعل؟

داملا: سننتظر إلى يوم الاحتفال

أركون: يا داملا لو علم مارك أني هنا سيقتلني

داملا: لا تخف تعال معي

ذهبت داملا وذهب معها أيضًا أركون

داملا: الحمد لله أننا في الليل والكل الآن في بيوتهم ولا أحد سيرانا

أركون: أين سنذهب؟؟

داملا: ستذهب إلى بيت شخص اعرفه ستظل هناك حتى يوم الاحتفال

أركون: حسنًا

بعد مدة من السير وقفت داملا أمام أحد البيوت الصغيرة والبعيدة قليلًا عن البيوت

أطرقت داملا الباب وانتظرت قليلًا حتى فتحت الباب سيدة في السبعينات من عمرها، ظهرها محني قليلًا تسير على عصا طويلة ملامحه باهتة جدًا يبدو عليها الكِبر كثيرًا

داملا: مرحبًا خالة نور

نور: داملا حبيبتي

قامت العجوز بضم داملا إلى صدرها

نور: لِما كل هذه الغيبة؟

داملا: إنه موضوع طويل سأخبركِ به لاحقًا، ولكن أخبريني أين العم يوسف؟

نور: أنه في الداخل، مريض جدًا

داملا بحزن: حزنت عليه حقًا

نور مشيرة إلى أركون: من هذا الغريب يا داملا؟؟

داملا : هذا أركون صديقٌ لي ليس هو من هنا هو من قبيلة الوديان، أريده أن يظل معكِ هنا حتى يوم الاحتفال هل توافقين؟

نور بـ ابتسامة: حسنًا لا مشكلة

نظرت داملا إلى أركون

داملا: لا تخف يا أركون إنها من قامت برعايتي منذ نعومة أظافري إنها آمنة حقًا وهي في مثابة أمي

أركون: حسنًا

داملا: سأذهب أنا الآن قبل طلوع الشمس

ذهبت داملا وظلت تسير نحو القصر وهي في قمة خوفها من أن يراها مارك أو أن يكون علم أنها ليست في القصر عندما وصلت داملا أمام القصر وحمدت الله أن الحراس غير موجودين على البوابات الرئيسية، دخلت داملا سريعًا إلى القصر وجدته هادئًا جدًا بغير عادته ولا يوجد خدم أبدًا، ذهبت لتصعد على السلم ولكن سمعت صوتًا من خلفها

مارك: رحلة سعيدة يا داملا أليس كذلك؟؟

داملا برعب وهي تنظر إليه: م.م.م...

مارك: ماذا يا داملا؟ لماذا تتحدثين هكذا؟؟

داملا: أنا بخير

مارك مبتسمًا: اعلم

تعجبت داملا كثيرًا فهذه أول مرة ترى مارك مبتسمًا هكذا

داملا: مولاي هل يوجد خطبٌ ما؟؟

مارك: لا يا حبيبتي، تعلمي يا داملا أنتِ ابنتي الوحيدة كنت أقسو عليكِ وأعاقبكِ كثيرًا ولكن هذا من خوفي وحبي لكِ كنت أريد أن أدربكِ على القسوة لتتعلمي كيفية إدارة هذه المملكة، الفتيات دائمًا يميلون إلى القلب والعاطفة وأنا كنت أريدكِ أن تميلي إلى العقل، ولكن حالك الآن لا يعجبني.

داملا: لِمَ ؟؟

مارك: تجلسين دائمًا بمفردكِ وتقرئين كتب لا فائدة منها، قالت لي آسيا أنكِ تجلسين في مكتبتي تقرئين الكتب وأمرتيها أن تجلب لكِ طعامكِ هناك، أنت يا داملا جلستِ ثلاثة ليالٍ في هذا المستنقع بمفردكِ تقرئين كتب، لِمَ يا داملا؟!

داملا بدموع: كنت أقرأ رواية طويلة جدًا ومن شدة الأحداث كنت بداخلها ولا أعلم كيف مر الوقت

مارك: عن ماذا تتحدث هذه الرواية؟؟

داملا: تتحدث عن الكذب والخداع والآلام التي كانت في قلب البطلة

مارك: وما نهايتها؟؟

داملا بدموع: نهايتها أنها وأخيرًا كشفت حقيقة البطل المخادع الكذاب

مارك: في بعض الأحيان يا داملا يجب أن نخلق نحن القراء نهاية للرواية ولا نترك الكاتب فقط هو من يضع النهاية

ترك مارك داملا وذهب إلى غرفته، بعد مدة من وقوف داملا على السلم تفكر فيما قاله مارك ذهبت إلى غرفتها وقامت بتبديل ملابسها وذهبت إلى فراشها وأغمضت عيناها ودخلت في دوامة من البكاء المستمر وبعد مدة قامت وأخرجت ذاك الصندوق الخشبي ولكن تفاجأت داملا أنه فتح أكثر ويخرج منه ذاك الشعاع أكثر من ذي قبل

داملا: أنا لا أعلم ما بداخل الصندوق ولا أعلم لِمَ هو معي من الأساس

تركت داملا الصندوق وذهبت إلى فراشها مرة ثانية لتدخل في النوم مجددًا، إن النوم في بعض من الأحيان يكون راحة لنا، راحة لتفكيرنا وعقولنا وقلوبنا، نهرب به من هذه الدنيا وندخل لـ أحلام نحن من نتحكم بها، ولكن في بعض من الأوقات قد يخوننا ذاك الحلم

بعد يوم طويل وأخيرًا قد مر بسلام قامت داملا من فراشها ونظرت إلى الساعة المعلقة بالحائط

داملا بصدمة: يا إلٰهي إن الساعة الآن العاشرة صباحًا، كيف نمت كل هذا الوقت؟

أبدلت داملا ملابسها وخرجت من غرفتها متجهة إلى غرفة مكتب مارك، دلفت داملا إلى الغرفة ولكن كانت الغرفة فارغة تمامًا تعجبت داملا من هذا لأن مارك في هذا الوقت يكون في مكتبه

داملا: أين ذهب مولاي؟ هو يكون هنا في هذا الوقت

خرجت داملا من الغرفة وذهبت إلى جانكين

جانكين: داملا أنتِ هنا؟

داملا بدموع: نعم أنا هنا، أنا هنا يا أبي

جانكين بصدمة: ماذا قلتي؟؟ قلتي أبي أليس كذلك؟؟

داملا: إن أركون هنا أيضًا

جانكين بخوف: مارك علم الحقيقة؟؟

داملا: لا، مارك لا يعلم شيء، أريد أن أعرف لما أنت هنا؟؟ أريد الحقيقة فقط

جانكين: قلت لكِ مارك يفعل كل هذا فقط لأني نفيته

داملا بتفكير: لا، مارك لا يفعل هذا هناك شيء أكبر من هذا الحدث

جانكين: أنا لا أفهم شيء

داملا: مارك في كل احتفالية من كل عام يقوم بإعدام شخص قام بارتكاب

جرائم كبيرة لذلك مارك يسمي هذا اليوم بيوم تحقيق العدالة يجب أن أعلم من هو الشخص الذي أعلن عنه مارك بإعدامه

جانكين: وما دخل هذا في حديثنا؟؟

داملا: يجب أن أعلم من هو الشخص الذي قام مارك بالإعلان عنه وسوف أخبرك لاحقًا

خرجت داملا مسرعة وذهبت إلى خارج القصر وذهبت إلى أحد الحراس الذين كانوا يقومون بوضع الورود الحمراء عند البوابات الرئيسية لمدخل القصر

داملا: يا هذا أريد الحديث معك قليلًا

أحد الحراث منحنيًا: تفضلى مولاتي

داملا: هل قام مولاي مارك بالإعلان عن الشخص الذي سيعدمه غدًا

الحارث متعجبًا من سؤالها: لا يا مولاتي، فإن مولاي قام بإرسال رسوله ليعلن أن الشخص الذي سيعدمه من أخطر الرجال في العالم وهذه ستكون مفاجأته في يوم تحقيق العدالة لذلك لم يذكر اسمه

داملا بصدمة: شكرًا لك

الحارث متعجبًا: ولكن مولاتي كيف لا تعلمي هذا وأنتِ من سيقوم بإعدام هذا الشخص؟

داملا بصدمة أكبر: ماذا تقول؟

الحارث: أخبرنا مولاي أيضًا أنكِ أنتِ من سيقوم بإعدام هذا الشخص كونكِ الملكة الوحيدة للجزيرة وهذه ستكون بداية لكِ، هكذا قال

داملا بتوتر وخوف: أعلم ذلك ولكن قد نسيت شكرًا لك مرة ثانية

ذهبت داملا من أمام الحارث وذهبت إلى غرفتها ودموعها تنهمر على وجنتيها، فهي لا تعلم ماذا تفعل ولا ماذا يخطط مارك هي لا تعلم شيء أبدًا، تبكي من قلة حيلتها

وضعفها وحيرتها، تبكي على حياتها الضائعة في الغابة، تبكي على يديها المقيدة، تبكي على كل شيء، كم حظها سيء هذه الفتاة ولكن هل تظل في دوامة هكذا أم للقدر رأي آخر؟

جلست داملا على سريرها ووضعت وجهها بين كفيها وظلت تبكي وتبكي وتبكي حتى قامت مسرعةً كأنها تذكرت شيء مهم للغاية قامت وخرجت من غرفتها عندما قامت مسح دموعها وذهبت إلى خارج القصر بخفية بعدما قالت لأسيل إن سألها مارك عنها تخبره أنها تقرأ بعض الكتب وذهبت إلى أركون

ظلت داملا تسير مسرعة إلى البيت الصغير الذي يوجد فيه أركون ولكن تفاجأت داملا عندما وصلت أن لا أحد في البيت أبدًا تعجبت داملا كثيرًا وخافت أكثر في أن يكون قد علم مارك عن أمر أركون وأمر اختفائها

داملا بصوت عالٍ نسبيًّا: أركون، يا أركون، يا خالة، يا عمو، يا أركون، لا أحد هنا

- ماذا تفعلين؟

ارتعبت داملا كثيرًا عندما سمعت ذاك الصوت وقامت بالصراخ والتفتت إليه لترى من هذا ولكن تفاجأت بأنه هو وليس غيره أركون

داملا بفزع: لقد أرعبتني كثيرًا يا أركون

أركون مبتسمًا: لا تخافي

داملا: ولكن أين كنت؟

أركون: كنت هنا بجوار البيت، كنت أتجول حول البيت

داملا بعصبية: كيف تجرأ أن تخرج من البيت، خارج البيت ليس آمنًا، أرجوك يا أركون لا تخرج أبدًا أبدًا أبدًا

أركون بهدوء: اهدئي يا داملا، فقط كنت بجوار البيت

داملا: يا أركون أنا أعلم مارك س.......

أركون مقاطعًا كلامها: لا تخافي من أي شيء

داملا: غدًا الاحتفال وأنا لا أعلم ماذا سيفعل مارك

أركون: لِما أنتِ خائفة هكذا؟

سردت داملا على أركون ما سمعته من الحارث

أركون بتفكير: لا أعلم ماذا أقول

داملا بدموع: أنا لا أعلم ماذا أفعل، أنا لن أقتل أبدًا، أنا لست مجرمة يا أركون حتى أقتل، لا لا لا لن أقتل

أركون: اهدئي يا داملا، يجب أن تتحدثي مع مارك وتخبريه

داملا: نعم سوف أتحدث معه وأخبره بكل شيء

داملا: أنا قلقة من شأن غدًا يا أركون

أركون: لا تقلقي هو لن يفعل شيء وبالتأكيد عندما يراكِ خائفة لن يترككِ تقتلي، لا تسبقي الأحداث

داملا بهدوء مصطنع: شكرًا لك يا أركون ولكن يجب أن أغادر، ولا تنسى سنتحدث مع مارك غدًا بعد الاحتفال

أركون: هل يمكنني أن أحضر الاحتفال؟

داملا: بالتأكيد نعم ستكون الساحة ممتلئة ولا أحد سيلاحظ وجودك

أركون: حسنًا إذًا

خرجت داملا من عند أركون وذهبت إلى قصرها الملعون في خفية، بعد أن دخلت داملا غرفتها بسلام ذهبت إلى خزانتها وأخرجت منه ذاك الصندوق الصغير الذي يشغل تفكيرها

-: ماذا تفعلين؟

ارتعبت داملا ونظرت خلفها

داملا: م. م. مولاي

مارك: ما الذي بيديكِ

داملا بخوف: لا، لا شيء

نظر مارك إلى الصندوق الصغير الذي كان بيديها ثم نظر إليها مرة ثانية

مارك: ما هذا الصندوق؟

داملا: لا شيء، إنه فقط صندوق لا قيمة له رأيته في غرفة الخدم عندما كنت أمكث فيها وجئتُ به إلى هنا

مارك: حسنًا

داملا: هل تريد شيء؟

مارك: نعم، أريدكِ أن ترتدي غدا هذه الثياب

وضع مارك الثياب على فراشها

داملا: لما؟

مارك بابتسامة: ستفهمين كل شيء غدًا

غادر مارك الغرفة، نظرت داملا إلى الثياب ثم نظرت إلى الصندوق الذي بيديها

داملا لنفسها : أحمد الله أنه م يلاحظ ذاك النور الذي يخرج من هذا الصندوق

وضعت داملا الصندوق في خزانتها وأخذت ترى الثياب، إنه فستان زهري اللون طويل جدًا وحذاء أبيض ملمع

داملا بفرح وذهول: إنه رائع جدًا، لقد أحببت هذا الفستان

تركت داملا الفستان وذهبت إلى غرفة الخدم

داملا: آسيا أريد الحديث معكِ قليلًا

ذهبت آسيا مع داملا خارج الغرفة

داملا بابتسامة: كنت أريد فقط أن أشكركِ لما فعلتيه معي

آسيا بتوتر: العفو مولاتي لم أفعل شيء، سوف أذهب الآن لدي كثير من الأشغال

داملا وقد لاحظت توترها: حسنًا

ذهبت داملا إلى غرفتها مرة ثانية

داملا لنفسها: لقد رجعت إلى القصر الملعون والممل، يجب أن أخبر مارك غدًا، إنه تغير معي كثيرًا والأهم أني علمت لما كان يعاملني بكل هذه القسوة، هو فقط كان خائفًا عليَّ، وسيظل أبي مهما حييت

نظرت داملا من شرفة غرفتها لترى أدونيس يقف مع مارك وكان يبدو عليهم الفرح

داملا: لأول مرة أرى هذا التغيير على والدي، لا أعلم ماذا حدث في غيابي لكل هذا التغيير ولكن الأهم أن كل شيء على ما يرام

ذهبت داملا إلى خزانتها وظلت تخرج منها بعض الثياب وبعد أن انتهت وضعتهم في حقيبة كبيرة وقامت بنداء آسيا

آسيا: نعم مولاتي

داملا: هذه الثياب سوف أتبرع بها غدًا بعد الاحتفال، خذيهم إلى أماكن التبرع ولا أريد أحد أن يعلم أني تبرعت يجب أن يكون هذا سر

اسيا: لما مولاتي؟

داملا بابتسامة: لا أريد أن يعلم أحد بهذه الأعمال الافضل لي أن تكون سر

آسيا: حسنًا مولاتي

أخذت آسيا الحقيبة وذهبت

داملا لنفسها: أود أن أخلد إلى النوم ليأتي غدًا، لا أعلم لما كل هذا الحماس ولكن أنا متفائلة لغدًا جدًا

وذهبت داملا مرة أخرى إلى النوم

بعد ساعات كثيرة ولكن مرت على داملا في لمح البصر، ها قد خرجت الشمس من مسكنها لتعلن عن يومٍ جديد سوف يهز أركان الجزيرة فـ هو يوم الاحتفال

آسيا: مولاتي، مولاتي، مولاتي

داملا بفزع: ماذا؟

آسيا: مولاي مارك ينتظرِك في غرفة مكتبه

داملا : حسنًا

ذهبت آسيا وقامت داملا بتبديل ملابسها وخرجت من غرفتها متجهة إلى غرفة مكتب مارك، دخلت داملا إلى الغرفة وجدت مارك يكتب شيء في الأوراق

داملا: مولاي أخبرتني آسيا أنك تريدني

مارك بابتسامة: كيف حالكِ؟

داملا متعجبة: أنا بخير

مارك: كنت أريد أن أخبركِ أن الاحتفال سيبدأ في تمام الساعة الحادية عشر صباحًا

داملا: لما، دائمًا الاحتفال يكون في المساء

مارك: لأن هناك مفاجأة لكِ

داملا بابتسامة حقًّا مولاي؟ ما هي؟

مارك مبتسمًا: قلت مفاجأة حبيبتي

داملا: حسنًا، ليتبقى من الوقت إلا القليل سأنتظر

مارك وهو يخرج: قومي بتجهيز نفسكِ إذًا

خرج مارك وظلت داملا تفكر

داملا بابتسامة: أنا أحب أبي كثيرًا أبي هو مولاي مارك ولن يكون أحدًا غيره أبدًا

خرجت داملا من الغرفة وذهبت إلى غرفتها لتجهز نفسها للاحتفال فلم يتبقى سوى ساعات قليلة جدًّا على بدأ الاحتفال

بعد ساعات دقت الطبول لتعلن عن بدأ الاحتفال خرجت داملا من غرفتها فكانت تشبه أميرات ديزني كانت ترتدي الفستان الزهري وتركت العنان لشعرها ووضعت بعض من مساحيق التجميل على بشرتها الناعمة كانت فالقة الجمال، نزلت داملا من القصر وذهبت إلى ساحة الاحتفال

كانت الساحة واسعة جدًّا مزينة بالورود الحمراء، وكان كل من في الجزيرة متجمعًا في الساحة ويجلس أمامهم مارك على كرسيه المزين أيضًا بالورود الحمراء وبجواره كرسي فارغ، ذهبت داملا إليه وجلست على الكرسي بجواره

داملا بابتسامة: هذه الثياب حقًّا رائعة عليك مولاي

مارك: شكرا لكِ

ظلت الطبول تدق والكل يرقص ويغني إلى أن أعلن مارك وقوف كل شيء، وقف مارك وبدأ يتحدث بصوتٍ عالٍ جدًّا

مارك: مرحًّا بكم في جزيرتي، نحن نحتفل اليوم لمرور تسعة عشر عامًّا على تأسيسها، في كل عام وفي نفس هذا اليوم نقوم بعمل هذا الاحتفال، واليوم هو يوم النصر يوم

تحقيق العدالة، سيكون اليوم وهذه السنة غير السنين التي مرت علينا، يوجد منكم أشخاص قد نفوا في هذا العام ولا يعرفون أي شيء عن يوم تحقيق العدالة أليس كذلك؟

ومن حسن حظكم أنه يوم مميز جدًّا لدي وسيكون بداية جديدة في هذه الجزيرة، بداية سيكون حاكمها شخص واحد فقط وليس هنا في الجزيرة فقط لا بل في كل أركان العالم، اليوم يا سُكان جزيرتي وكما عودناكم على إعدام شخص مجرم يستحق القتل في كل عام ولكن هذا العام سيكون مختلف، اليوم سيتحقق النصر والعدالة، ليس شخص واحد سيعدم بل ثلاثة أشخاص وإن كنت تركتهم أكثر من ذلك كانوا سيدمرونكم قبل أن يدمروا الجزيرة

نظر مارك إلى أحد الحراث الذين كانوا يقفون خلف داملا

مارك: اجلب المجرمين إلى هنا

هتفوا كل من في الساحة بجملة واحدة " يحيا العدل"

كانت داملا تستمع إلى مارك وقلبها يدق بشدة كانت خائفة لأمرٍ لا تعلمه كانت تدعو أن يمر هذا اليوم بخير وسلام

جاء الحارث وعم الصمت في المكان نظرت داملا إلى الأشخاص الذي جاء بهم الحرث، صدمت داملا لما رأت ووقفت مبرقة إليهم

مارك وهو ينظر إلى داملا: داملا لما أنتِ خائفة هكذا

نظرت داملا إلى مارك وعيونها ممتلئة بالدموع

مارك: يا سُكان جزيرتي من سيعدمون هم

الشخص الأول هو جانكين والكل يعرف ماذا فعل، أليس يستحق القتل؟

الكل بصوت عالٍ: نعم يستحق القتل

مارك: والثاني هو تميم وسبب إعدامه أنه كان يضع متفجرات أمام كل بيت من بيوت الجزيرة كان يريد ان يدمر الجزيرة، اليس يستحق القتل؟

الكل بصوتٍ عالٍ: نعم يستحق القتل

مارك: والثالث هو أركون ابن جانكين، دخل إلى جزيرتي خلثة كان يريد أن يكمل مسيرة والده في الفيروسات وتدمير نساءكم وأطفالكم أليس يستحق القتل؟

الكل بصوت عالٍ: نعم يستحق القتل

مارك: ولكن الجديد كما تعلمون أن الذي سيقوم بمهمة الإعدام هي الملكة داملا

كانت داملا ستنفجر من البكاء هي لا تعلم ماذا حدث

ذهبت داملا إلى مارك

داملا: مولاي ماذا تفعل إن ما قلته ليس صحيح، وهذا تميم صديقك يا مولاي

مارك: داملا نفذي الحكم

ذهب مارك من أمام داملا وأخذ السيف من أحد الحراس وذهب به أمام داملا

مارك: تفضلي يا داملا السيف

داملا ببكاء: لا لن أفعل هذا

مارك بعصبية: داملا تفضلي السيف

ارتعبت داملا من نبرة صوت مارك وأخذت السيف وقامت بفتحه ووقفت أمام من في الجزيرة

داملا بصوت عالٍ: يا سُكان جزيرتي أنا اليوم سوف أخبركم بقصة قصيرة ولكن ليست خيالية بل واقعية إن مارك ملك الجزيرة ليس...

أركون مقاطعًا كلامها: لا يا داملا لا تقولي أي شيء

داملا بدموع: يجب أن يعلموا الحقيقة يا أركون

أركون بتحذير: ليس اليوم يا داملا

فجأة غيمت السحب وأصبح الجو يقوم بالبرق والرعد وأصبحت الأمطار تهلل

تعجب الجميع مِن الذي حدث لأنه ليس الآن موعد هبوط الأمطار، ذهب الجميع إلى بيوتهم ودخل مارك وداملا وأركون وتميم وجانكين إلى داخل القصر وهذا بأمر من مارك

كانوا جميعًا يقفون في غرفة المكتب وأمامهم مارك هائجًا

مارك بعصبية: ماذا كنتِ ستفعلين يا داملا؟؟

داملا بثبات: أنت ماذا كنت ستفعل يا مارك؟

مارك بعصبية: مارك! هكذا تقولي مارك؟! كيف تجرئتي يا داملا، أعتقد جلوسكِ كثيرًا مع أركون قد نسيتي من أنتِ ومن أنا أليس كذلك؟

داملا بتوتر: ماذا تقول أنا...

مارك: يا داملا لا أحد يفعل أي شيء في هذه الجزيرة دون معرفتي، عندما أخبرتِ أدونيس جاء على الفور وأخبرني بما قولتيه له وأنا من سمح لكِ بخروجكِ من الجزيرة، عندما تركتِي أدونيس وذهبتي كان يراقب تحركاتكِ، وأعلم أني ليس والدكِ وجانكين هو من حظا بهذا، وأيضًا آسيا قامت بإخباري عما قلتي لها، وأنا من أمرت بدخولكِ الجزيرة، كنت أراقب تحركاتكِ يا داملا؛ لذلك كنت لطيفًا معكِ وهذا أركون كنت أعلم مكانه وليس صعبًا أن أجده، كنت تريدين أن تخبري من في الجزيرة عن الحقيقة؟ ولكن الحقيقة ليست كاملة يا داملا، يجب أن تعرفِي الحقيقة كاملة، لما أنا أريد قتلهم ولما أنا أريد أن أقتل أركون الذي هو من الأساس ابني

داملا ببكاء: لما؟

مارك: لأني إن تركتهم سيدمرون كل تخطيطي سيدمرون كل شيء أنا فعلته منذ تسعة عشر عامًا، هذا تميم إن تركته سينقذكِ مرة ثانية وهذا جانكين إن تركته سيأخذكِ مني لأنكِ ابنته وهذا أركون يحب العدل وسيفعل المستحيل كي ينقذكِ

داملا: ممن سينقذوني؟ أنا لا أفهم شيء

مارك: مني يا داملا، أنا من سيقوم بقتلكِ اليوم، أنتِ يا داملا مفتاح سعادتي، انتظرت هذا اليوم منذ سنين كثيرة، واليوم وعند اكتمال القمر سأقدمكِ كقربان لمقبرة وبعدها سيكون قوة العالم في يدي.

تذكرت داملا المقبرة التي كانت بها وذاك الصندوق الذي في غرفتها وفهمت كل شيء

داملا : وما ذنب هؤلاء، ليس لهم ذنب يا مارك، اتركهم أرجوك

مارك بصوت عالٍ: يا أدونيس

دخل أدونيس الغرفة مسرعًا

مارك: خذ هؤلاء وداملا واذهب بهم إلى غرفتها ولا أريد أحد أن يخرج من الغرفة أبدًا

أدونيس: أمرك مولاي

ذهب أدونيس بهم إلى غرفة داملا

جلست داملا في إحدى زوايا الغرفة تبكي

تميم: لماذا رجعتي إلى الجزيرة يا داملا؟ قلت لكِ اهربي، سيقتلكِ

داملا: أنا دخلت المقبرة التي يريد مارك أن يفتحها

الكل ينظر إلى داملا مصدومًا

تميم: كيف؟

سردت لهم داملا كل ما حدث

تميم: وأين الصندوق؟

داملا: معي

قامت داملا وأخرجت الصندوق من خزانتها

تميم: إن علم مارك أن هذا الصندوق معكِ سيدمر العالم

داملا: لا أفهم

تميم: هذا الصندوق به القوة التي يريدها مارك، تقريبًا عندما يفتح هذا الصندوق بالكامل هذه القوة ستخرج وتذهب في يدي من يحملها وهذه القوة إن استخدمها مارك سيقوم بتدمير العالم

داملا: ماذا سأفعل الآن؟

تميم: سننتظر إلى المساء، ولا تخافي لن يفعل بكِ مارك أي شيء ونحن معكِ

نظرت داملا إلى أركون

داملا: لما منعتني يا أركون عندما كنت أريد أن أخبرهم عن حقيقة مارك

أركون الكل يعرف قسوة وظلم مارك يا داملا ولا أحد سيفعل شيء بل كان مارك سيفصل رأسكِ عن جسدكِ في الحال إنه أخطر رجل في العالم

تميم: الذي لا أفهم هو كيف مارك سيفتح المقبرة اليوم

أركون: لا أفهم أليس هو اليوم؟

تميم: أخبرني مارك أنه سيقدمها للمقبرة عندما تتم العشرين عامًا

جانكين: أخبرني مارك أمس أنه سيقدمها اليوم وسيعدمني أيضًا اليوم، وأخبرني أن هذا اليوم ينتظره من تسعة عشر عامًا، وقال أنه من المفترض أن يقدمها عندما تتم العشرين ولكن أخبره أحد ملوك الجان بهذا اليوم

داملا مصدومة: ملوك الجان؟!!

تميم: عندما جاء مارك إلى هنا يا داملا عثر على لوحة وهذه اللوحة قد سخرت له ملوكًا كثيرة من الجان، وهو في كل عام يقوم بفتح مقبرة وقتل فتاة لم تبلغ

داملا بدموع: إنه وحش ليس من الآدميين

أركون: اهدئي يا داملا

داملا بعصبية: كيف لي أن أهدأ وأنا كنت أجلس مع قاتل

جلست داملا مرة ثانية وفي يديها الصندوق تبكي بحصرة، أما اركون كان ينظر إلى جانكين نظرة كُره

جانكين: لِما تنظر لي هكذا يا أركون

أركون: لِما قتلتها؟ لِما؟ هي فقط كانت تريد أن تظل الحاكم، ما ذنبها إذًا؟

جانكين: إنها ليست والدتك لِما تدافع عنها هكذا؟

أركون: ستظل والدتي

جانكين: يا أركون هي فقط كانت لا تريد أن يزول المال والقصور، هذا كانت ما تريده، وهل يوجد أمٌّ تبدل ولدها؟ إنها لا تصلح أن تكون أمًّا

نظر أركون إلى داملا التي كانت في عالم آخر ثم نظر إلى تميم الذي كان يجلس على السرير ويبدو عليه التعب

أركون: ماذا سنفعل إذا؟

تميم: ننتظر

فتح باب الغرفة وكان مارك

مارك لأدونيس: خذهم إلى المكان المحدد وانتظرني هناك

خبّأت داملا ذاك الصندوق الصغير في فستانها، أخذهم أدونيس إلى بيتٍ مهجور وأوقفهم أمام غرفة مقفلة وعليها نقوش فرعونية

داملا: لِما نحن هنا يا أدونيس

أدونيس: لا أعلم

داملا: لقد خنتني يا أدونيس، لِما أخبرت مارك؟

أدونيس: أنا آسف ولكن كان يجب أن أحذر مولاي

مارك: هو مخلصٌ لي يا داملا ليس مثلِك

داملا: لِما تفعل هذا؟

مارك: هل تتذكرين يا داملا عندما أخبرتكِ أن في بعض الأحيان يجب أن نخلق نحن القراء نهاية للرواية ولا نترك الكاتب فقط هو من يضع النهاية، تذكرتي؟ وأنا الآن من سيضع النهاية في الرواية وفي الحقيقة

جاء بعض الحراس وأمسكوا بـ جانكين وأركون وتميم أما أدونيس فقد أمسك بيد داملا ووضعها خلفها، وقف مارك أمام داملا ووضع يديه على رأسها، واليد الأخرى ممسكة بالخنجر، أغمض مارك عينيه وبدأ يتفوه بطلاسم غير مفهومة، استسلمت داملا للأمر وأغمضت عينيها، بدأ مارك يدور حول داملا وهو يتفوه بالطلاسم ثم وقف أمامها

مارك بأمر: افتحي عينيكِ يا داملا

فتحت داملا عينيها، ثم وضع مارك يديه مرة أخرى على رأسها وأغمض عينيه ورجع يتفوه بالطلاسم مرة أخرى، نظرت داملا إلى جانكين وأركون وتميم ثم نظرت خلفها إلى أدونيس ثم عاودت النظر إلى مارك، رفعت داملا قدميها اليمنى وخبطتها بكل قوتها في قدم أدونيس، ترك أدونيس يدي داملا ثم صرخ من شدة الضربة ووقع على الأرض، فتح مارك عينيه ليرى ماذا حدث ولكن قبل أن يرى كانت داملا أسرع منه ووضعت قدميها على قدم مارك ليقع أرضًا وأمسكت داملا الخنجر من مارك ولكن أمسك مارك به بكل

قوته وبحركة لا إراديه كان الخنجر يحتل جسد مارك، تركت داملا الخنجر وابتعدت عن مارك في صدمة وهي ترى الدماء تسيل على الأرض، تركوا الحراس جانكين وأركون وتميم وذهبوا ليروا مارك

داملا بصدمة ودموع: أنا لست قاتلة، لا أقصد قتله، كنت فقط أريد أن آخذ الخنجر منه

تميم : أين الصندوق يا داملا

أخرجت داملا الصندوق ونظرت إليه، كان الصندوق يخرج منه لون أزرق شديد وبداخله خاتم فضي على شكل تاج، أخذت داملا الخاتم ووضعته بين أصابعها، فجأة وقعت داملا أرضًا ترتعش وبدأت ملامحها تتحول إلى ملامح أكثر جاذبية، الكل كان ينظر إليها في تعجب واستفهام ولا أحد يفهم ما الذي يحدث، وقفت داملا مرة أخرى، تحول لون عينيها الى اللون السماوي وتحول ذاك الصندوق الذي كان في يديها إلى تاج فضي اللون، وضعته داملا على رأسها، تقدم أدونيس وانحنى لها ثم باقي الحراث فعلوا مثل أدونيس، ابتسمت داملا ابتسامة جانبية، فـ ها قد جاءت قوة العالم بأكمله إلى جسد داملا، ولكن هل ستستخدم هذه في الخير أم ستكمل مسيرة مارك في الشر؟!

❊•❊

النهاية

كثير من الأحيان ندفن شخصيتنا وأفعالنا التلقائية ونبدلها بشخصية لا نعرفها، شخصية قوية من الخارج هشة ومنكسرة من الداخل فقط لنعيش بسلام في هذه الحياة القاسية، كل شخصٍ منا لديه شخصية مبدلة من الشخصية الأساسية، فـ أنا لدي شخصيتين، شخصية طفولية تحب اللعب بالدمية وتحب أكل الشوكولاتة والحلوى وتحب السير تحت الأمطار والضحك على أتفه الأسباب، تهرب من حل المسائل الرياضية بالنعاس وتسهر أمام التلفاز تشاهد الكرتون وفي يديها قطعة خبز تأكلها وشخصية لا تلعب بالدمى لأنها لم تعد صغيرة ولا تحب الحلوى لأنها تؤلم أسنانها ولا تسير تحت الأمطار لأنها ستتعب كثيرًا ولا تضحك كثيرًا فقط إن أراد الأمر تبتسم ابتسامة صغيرة تجلس رغمًا عنها لتحل مسائل الرياضيات والفيزياء،

لم تعد تشاهد الكرتون،

قد دنت تلك الأشياء في داخلها ولن تخرج منه أبدًا.

نبذة عن الكاتبة

الاسم: عبير صلاح أحمد سليمان

المحافظة: كفر الشيخ

السن: ثمانية عشر عامًا

الدراسه: الفرقة الثانية في كلية الدراسات الإسلامية والعربية بكفر الشيخ

الموهبة: كتابة الروايات والقصص، الإلقاء، الرسم، الخدع السينمائيه [Sfx]، تقليد أصوات ديزني.....

شاركت في العديد من الكتب الإلكترونيه والورقيه

تكرمت في أكثر من مبادرة لحصولها على المراكز الأولى في الكتابة وإلقاء الشعر

شاركت في في مسابقات عدة داخل معهدها الثانوي في الكتابة وحصلت على المركز الأول على مستوى الإدارة.

***

9 798224 320332